一个人的勇气

鲁迅思想录

LU XUN SI XIANG LU

林贤治 编注

GUANGXI NORMAL UNIVERSITY PRESS
广西师范大学出版社
·桂林·

图书在版编目（CIP）数据

鲁迅思想录 / 林贤治编注 . —桂林：广西师范大学
出版社，2015.3（2015.12 重印）
（"一个人的鲁迅"系列）
ISBN 978-7-5495-5904-6

Ⅰ . ①鲁… Ⅱ . ①林… Ⅲ . ①鲁迅（1881～1936）—
思想评论 Ⅳ . ①I210.96

中国版本图书馆 CIP 数据核字（2014）第 215586 号

广西师范大学出版社出版发行

（广西桂林市中华路 22 号　邮政编码：541001）
网址：http://www.bbtpress.com
出版人：何林夏
全国新华书店经销
湛江南华印务有限公司印刷
（广东省湛江市霞山区绿塘路 61 号　邮政编码：524002）
开本：880 mm × 1 240 mm　1/32
印张：9.25　　字数：170 千字
2015 年 3 月第 1 版　　2015 年 12 月第 2 次印刷
印数：5 001~8 000 册　　定价：36.00 元
如发现印装质量问题，影响阅读，请与印刷厂联系调换。

编选说明

一　书中语录，除个别选自最近刊布的佚文之外，均据《鲁迅全集》选出。《全集》以通行的人民文学版为主，也参考别种版本。全书共分二十三章，从鲁迅固有的思想范畴出发划界，故有些章节，仍取鲁迅惯用的概念命名，如"权力者""奴隶与奴才"等，以见鲁迅思想的独特性。

二　各章编排，大体以写作时间先后为序；为完整性起见，也有根据内容进行重构者。

三　每条语录出处，按顺序依次为篇名、集名、全集名。全集按人民文学版页码标出，以便利读者查阅。

四　附录中外名人论鲁迅文字及鲁迅年表各一，以备参考。

五　原文有少数字为异体字，今不作改动，一仍其旧。

目 录

前　言

　　鲁迅出现在二十世纪初的中国"文艺复兴时期"，也即东西方文化大交汇的一个极其奇异的历史时期。世界上很难找到像鲁迅这样对东西方文化都十分熟悉的作家，襟怀博大，视野开阔，目光犀利；更难找到像他这样以异质性的文化观念，猛烈地抨击自己的民族文化传统的作家。在这个意义上，他是一个天生的叛逆者，革新家，一个与政治霸权和文化霸权誓不两立、不妥协不屈服的斗士。在文人社会中，他孤身奋战，那么勇敢而傲岸。同时，鲁迅又是一个极富同情心和道义感的平民作家。他可以放弃学者教授的头衔，放弃世俗社会所珍视的一切，但是决不放弃作为一个写作者的责任。就像他笔下的那个复仇的黑色人那样，他唯以儿子般的忠诚和侠士般慷慨赴难的热忱，始终不渝地护卫着苦难的大地，广大的被侮辱被损害的人们。

　　在鲁迅那里，人格、思想、艺术，是一个极其健全而又充满内在矛盾张力的统一体。不但在中国，他是唯一的；即使在世界范围内，也是罕有的特异者。

　　鲁迅的所有一切，可以说，都包容在《鲁迅全集》里，包容在他的全部的文字遗产中。要了解中国，了解中国知识分子，了解鲁迅本人以及我们自己，正如郁达夫说的，阅读《鲁迅全集》是唯一捷径。实际上，能够通读《全集》的人毕竟很有限，作为一般读者，大约只能读选本。至于读文摘本或语录本，无疑是更简捷的，而流弊，也正好出在这简捷上面。"文革"期间，以油印或铅印方式出版的鲁迅语录当不在少数，但都一律使用单一的论斗争的文字，这些文字一旦被抽离专制统治的背景，鲁迅便立刻化成了一个仇恨成性、无端挑衅、面目狰狞的"英雄"。鲁迅本人曾经打过一个调皮的比方，说："譬如勇士，也战斗，也休息，也饮食，自然也性交，如果只取他末一点，画起像来，挂在妓院里，尊为性交大师，那当然也不能说是毫无根据的，然而，岂不冤哉！"

　　所以，鲁迅是反对"摘句"的，理由很简单，就是容易流于片面。在后来写的一篇文章中，鲁迅以陶渊明为例说，世人多摘引其"采菊东篱下，悠然见南山"的诗句，以完成一个"飘逸"的诗人形象，殊不知还有"金刚怒目"的一面，因为他确实写过像"刑天舞干戚，猛志固常在"一样的文字，并非整天整夜的飘飘然。可见，倘要摘句，就得极力避免以偏概全。

　　目下的这个摘句式选本，就是基于这种考虑编选的。编者并非那类研究鲁迅的通人，自然，本书也不敢自诩为模范的选本，但是，力求显示鲁迅思想和人格中的实质性和丰富性，确是着手的初衷。

在此，编者需要说明的是：

一、鲁迅是一个十分关注中国现实问题的知识分子。他所以从事写作，本意就是为了改造"国民性"，改造中国社会。因此，回到鲁迅当时的语境——一个专制、腐败、黑暗的中国社会环境中进行理解，才是有效的阅读。

二、鲁迅常常慨叹说中国的战士太少。作为"精神界战士"，批判的人文主义者，反抗强权与强势的需要，决定了鲁迅的思维是否定性思维、反向的思维、批判的思维。譬如自由、民主、人权等问题，在鲁迅那里，往往没有现成的定义和结论，只能通过对专制政治、对暴君与奴才、对愚民政策等具体的社会历史现象的暴露与批判，才能理解其真正的意涵。鲁迅是惯于以"否"说"是"的，而这，正是他与聪明的学者及次学者大不一样的地方。正因为如此，鲁迅也就常常被加以"仇恨政治学""偏激""刻毒""不宽容""有破坏而无建设"之类的恶名。

三、有条件者，当然最好能阅读原著；在发生疑义时，尤当顾及语录的上下文，顾及全篇，乃至所有相关的文字，以确保思想的完整性。譬如最后论现代人物的部分，所录未必是完全的，且不能视作定论，因为更多的，只是作为社会成见的一种反证而已。

以上所说，并非什么"临时约法"，编者也没有如许权力。据说，自由阅读是没有边界的。——读或不读，又或如何读，概由读者作主。正如鲁迅说的，"自己裁判，自己执行"，其实这不也很好吗？

2005年8月

中国人

中国人向来有点自大。——只可惜没有"个人的自大"，都是"合群的爱国的自大"。这便是文化竞争失败之后，不能再见振拔改进的原因。（《随感录·三十八》，《热风》，《全集1》P311）

必须敢于正视，这才可望敢想，敢说，敢作，敢当。倘使并正视而不敢，此外还能成什么气候。然而，不幸这一种勇气，是我们中国人最所缺乏的。（《论睁了眼看》，《坟》，《全集1》P237）

中国人的不敢正视各方面，用瞒和骗，造出奇妙的逃路来，而自以为正路。在这路上，就证明着国民性的怯弱，懒惰，而又巧滑。一天一天的满足着，即一天一天的堕落着，但却又觉得日见其光荣。（《论睁了眼看》，《坟》，《全集1》P240）

我们中国人总喜欢说自己爱和平，但其实，是爱斗争的，爱看别的东西斗争，也爱看自己们斗争。（《观斗》，《伪自由书》，《全集5》P7）

……无论如何，我总觉得洋鬼子比中国人文明，货只管排，而那品性却很有可学的地方。这种敢于指摘自己国度的错误的，中国人就很少。（《两地书·二九》，《全集11》P89）

不过我们中国人实在有一点小毛病，就是不大爱听别国的好处，……（《林克多〈苏联闻见录〉序》，《南腔北调集》，《全集4》P424）

中国人将办事和做戏太混为一谈，而别人却很切实，……（《致台静农/1933年6月5日》，《全集12》P92）

我们中国的许多人，——我在此特别郑重声明：并不包括四万万同胞全部！——大抵患有一种“十景病”，至少是“八景病”，……（《再论雷峰塔的倒掉》，《坟》，《全集1》P191）

但实际上，中国人向来就没有争到过“人”的价格，至多不过是奴隶，到现在还如此，然而下于奴隶的时候，却是数见不鲜的。中国的百姓是中立的，战时连自己也不知道属于那一面，但

又属于无论那一面。(《灯下漫笔》,《坟》,《全集1》P212)

　　我觉得中国人所蕴蓄的怨愤已经够多了,自然是受强者的蹂躏所致的。但他们却不很向强者反抗,而反在弱者身上发泄,兵和匪不相争,无枪的百姓却并受兵匪之苦,就是最近便的证据。再露骨地说,怕还可以证明这些人的卑怯。卑怯的人,即使有万丈的愤火,除弱草以外,又能烧掉甚么呢?(《杂忆》,《坟》,《全集1》P225)

　　所以中国人倘有权力,看见别人奈何他不得,或者有"多数"作他护符的时候,多是凶残横恣,宛然一个暴君,做事并不中庸,待到满口"中庸"时,乃是势力已失,早非"中庸"不可的时候了。一到全败,则又有"命运"来做话柄,纵为奴隶,也处之泰然,但又无往而不合于圣道。这些现象,实在可以使中国人败亡,无论有没有外敌。要救正这些,也只好先行发露各样的劣点,撕下那好看的假面具来。(《通讯》,《华盖集》,《全集3》P26)

　　中国人但对于羊显凶兽相,而对于凶兽则显羊相,所以即使显着凶兽相,也还是卑怯的国民。
　　这样下去,一定要完结的。
　　我想,要中国得救,也不必添什么东西进去,只要青年们将这两种性质的古传用法，反过来一用就够了：对手如凶兽时就如凶兽，对手如羊时就如羊！

那么，无论什么魔鬼，就都只能回到他自己的地狱里去。

（《忽然想到》，《华盖集》，《全集3》P61）

4 谁说中国人不善于改变呢？每一新的事物进来，起初虽然排斥，但看到有些可靠，就自然会改变。不过并非将自己变得合于新事物，乃是将新事物变得合于自己而已。（《补白》，《华盖集》，《全集3》P102）

中国人不但"不为戎首"，"不为祸始"，甚至于"不为福先"。所以凡事都不容易有改革；前驱和闯将，大抵是谁也怕得做。（《这个与那个》，《华盖集》，《全集3》P142）

所以中国一向就少有失败的英雄，少有韧性的反抗，少有敢单身鏖战的武人，少有敢抚哭叛徒[1]的吊客；见胜兆则纷纷聚集，见败兆则纷纷逃亡。（《这个与那个》，《华盖集》，《全集3》P142）

我独不解中国人何以于旧状况那么心平气和，于较新的机运就这么疾首蹙额；于已成之局那么委曲求全，于初兴之事就这么求全责备？（《这个与那个》，《华盖集》，《全集3》P143）

《华盖集》。收录1925年杂文31篇。1926年6月北新书局出版。

《华盖集续编》。收录1926年杂文32篇，1927
年杂文1篇。1927年5月北新书局出版

中国人的官瘾实在深，……（《学界的三魂》，《华盖集续编》，《全集3》P206）

中国人的对付鬼神，凶恶的是奉承，如瘟神和火神之类，老实一点的就要欺侮，例如对于土地或灶君。待遇皇帝也有类似的意思。君民本是同一民族，乱世时"成则为王败则为贼"，平常是一个照例做皇帝，许多个照例做平民；两者之间，思想本没有什么大差别。所以皇帝和大臣有"愚民政策"，百姓们也自有其"愚君政策"。（《谈皇帝》，《华盖集续编》，《全集3》P252）

看看中国的一些人，至少是上等人，他们的对于神，宗教，传统的权威，是"信"和"从"呢，还是"怕"和"利用"？只要看他们的善于变化，毫无特操，是什么也不信从的，但总要摆出和内心两样的架子来。要寻虚无党，在中国实在很不少；和俄国的不同的处所，只在他们这么想，便这么说，这么做，我们的却虽然这么想，却是那么说，在后台这么做，到前台又那么做……。（《马上支日记》，《华盖集续编》，《全集3》P328）

……中国人偏不肯研究自己。（《马上支日记》，《华盖

集续编》，《全集3》P331）

我们中国人对于不是自己的东西，或者将不为自己所有的东西，总要破坏了才快活的。（《记谈话》，《华盖集续编》，《全集3》P358）

8

中国本来有"捧戏子"的脾气，……（《现代电影与有产阶级》，《二心集》，《全集4》P409）

骄和谄相纠结的，是没落的古国人民的精神的特色。（《现代电影与有产阶级》，《二心集》，《全集4》P412）

中国人又很有些喜欢奇形怪状，鬼鬼祟祟的脾气，……（《捣鬼心传》，《南腔北调集》，《全集4》P616）

与其迷信，模胡不如认真。倘若相信鬼还要用钱，我赞成北宋人似的索性将铜钱埋到地里去。现在那么的烧几个纸锭，却已经不但是骗别人，骗自己，而且简直是骗鬼了。中国有许多事情都只剩下一个空名和假样，就为了不认真的缘故。（《〈如此广州〉读后感》，《花边文学》，《全集5》P439）

中国的人民是多疑的。无论那一国人，都指这为可笑的缺

点。然而怀疑并不是缺点。总是疑，而并不下断语，这才是缺点。（《我要骗人》，《且介亭杂文末编》，《全集6》P486）

中国的人民，是常用自己的血，去洗权力者的手，使他又变成洁净的人物的，……（《我要骗人》，《且介亭杂文末编》，《全集6》P486）

其实，中国人是并非"没有自知"之明的，缺点只在有些人安于"自欺"，由此并想"欺人"。（《"立此存照"（三）》，《且介亭杂文末编》，《全集6》P625）

日人太认真，而中国人却太不认真。中国的事情往往是招牌一挂就算成功了。日本则不然。他们不像中国这样只是作戏似的。（《今春的两种感想》，《集外集拾遗》，《全集7》P386）

中国人一向喜欢造些和大人物相关的名胜，石门有"子路[2]止宿处"，泰山上有"孔子[3]小天下处"；一个小山洞，是埋着大禹[4]，几堆大土堆，便葬着文武[5]和周公[6]。（《清明时节》，《花边文学》，《全集5》P460）

"面子"，……是中国精神的纲领，只要抓住这个，就

像二十四年前的拔住了辫子一样，全身都跟着走动了。（《说"面子"》，《且介亭杂文》，《全集6》P126）

中国人要"面子"，是好的，可惜的是这"面子"是"圆机活法"[7]，善于变化，于是就和"不要脸"混起来了。（《说"面子"》，《且介亭杂文》，《全集6》P128）

中国人的确相信运命，但这运命是有方法转移的。……运命并不是中国人的事前的指导，乃是事后的一种不费心思的解释。（《运命》，《且介亭杂文》，《全集6》P130）

中国人自然有迷信，也有"信"，但好像很少"坚信"。（《运命》，《且介亭杂文》，《全集6》P131）

人而没有"坚信"，狐狐疑疑，也许并不是好事情，因为这也就是所谓"无特操"。但我以为信运命的中国人而又相信运命可以转移，却是值得乐观的。（《运命》，《且介亭杂文》，《全集6》P131）

中国人有一种矛盾思想，即是：要子孙生存，而自己也想活得很长久，永远不死；及至知道没法可想，非死不可了，却希望自己的尸身永远不腐烂。（《老调子已经唱完》，《集外

集拾遗》，《全集7》P307）

中国国民性的堕落，我觉得并不是因为顾家，他们也未尝为"家"设想。最大的病根，是眼光不远，加以"卑怯"与"贪婪"，但这是历久养成的，一时不容易去掉。（《两地书·一〇》，《鲁迅全集11》P40）

中国人总只喜欢一个"名"，只要有新鲜的名目，便取来玩一通，不久连这名目也糟蹋了，便放开，另外又取一个。真如黑色的染缸一样，放下去，没有不乌黑的。譬如"伟人""教授""学者""名人""作家"这些称呼，当初何尝不冠冕，现在却听去好像讽刺了，一切无不如此。（《致姚克/1934年4月22日》，《全集12》P392）

说过话不算数，是中国人的大毛病。（《致曹靖华/1936年8月27日》，《全集13》P414）

一下子就是一年，中国人做事，什么都慢，即使活到一百岁，也做不成多少事。（《致曹靖华/1936年9月7日》，《全集13》P422）

据我所见，北人的优点是厚重，南人的优点是机灵。但厚重之弊也愚，机灵之弊也狡，所以某先生^[8]曾经指出缺点道：北方人是"饱食终日，无所用心"；南方人是"群居终日，言不及义"。就有闲阶级而言，我以为大体是的确的。（《北人与南人》，《花边文学》，《全集5》P435）

12

由我看来，大约北人爽直，而失之粗，南人文雅，而失之伪。粗自然比伪好。但习惯成自然，南边人总以像白己家乡那样的曲曲折折为合乎道理。你还没有见过所谓大家子弟，那真是要讨厌死人的。（《致萧军、萧红/1935年3月13日》，《全集13》P79）

……上海人惯于用商人眼光看人。（《致廖立峨/1927年10月21日》，《全集11》P587）

我不爱江南。秀气是秀气的，但小气。听到苏州话，就令人肉麻。此种言语，将来必须下令禁止。（《致萧军/1935年9月1日》，《全集13》P200）

中国人里，杭州人是比较的文弱的人。（《谣言世家》，《南腔北调集》，《全集4》P594）

广东还有点蛮气，较好。（《致章延谦/1927年8月8日》，

《全集11》P570）

　　世之论客，好言南北之别，其实同是中国人，脾气无甚大异也。（《致宋崇义/1920年5月4日》，《全集11》P369）

　　要论中国人，必须不被搽在表面的自欺欺人的脂粉所诓骗，却看看他的筋骨和脊梁。自信力的有无，状元宰相的文章是不足为据的，要自己去看地底下。（《中国人失掉自信力了吗》，《且介亭杂文》，《全集6》P118）

　　我们从古以来，就有埋头苦干的人，有拼命硬干的人，有为民请命的人，有舍身求法的人，……虽是等于为帝王将相作家谱的所谓"正史"，也往往掩不住他们的光耀，这就是中国的脊梁。（《中国人失掉自信力了吗》，《且介亭杂文》，《全集6》P118）

注　释

[1]　叛徒：叛逆者，反抗者。
[2]　子路（前542—前480）：姓仲名由，字子路，春秋时鲁国卞（今山东泗水）人。一生追随孔子，是孔子最忠实的学生。《论语》说"子

路宿于石门",后人就在山西平定附近石门的地方立下名为"子路止宿处"的石碑。

[3] 孔子(前 551—前 479):名丘,字仲尼,鲁国陬邑(今山东曲阜)人,春秋时代的思想家、教育家、政治家、儒家学派的创始人。现存《论语》一书,是孔子的谈话录。《孟子》有"孔子登东山而小鲁,登太山而小天下"的话,后人就在泰山顶上立下"孔子小天下处"的石碑。

[4] 大禹:亦称禹、夏禹,传说中的古代部落首领。因治水有功,被舜选为继承人,死后葬于浙江绍兴会稽山。现在绍兴稽山门外有大禹陵,陵旁有禹王庙。这里说的小山洞,指会稽山麓的禹穴。

[5] 文武:即周文王、周武王。周文王,姬姓,名昌,亦称伯昌,商末周族领袖。周武王,名发,文王之子,率军灭商,是西周王朝的建立者。

[6] 周公:周文王之子,武王之弟,名旦,亦称叔旦,因采邑在周,称为周公。西周初年政治家。曾助武王灭商,武王死后,由他摄政。相传他制礼作乐,建立典章制度,主张"明德慎罚",言论多见于《尚书》。文武周公墓,传说在陕西咸阳城西北,一说在临潼渭水北。

[7] 圆机活法:随机应变的方法。《庄子·盗跖》:"若是若非,执而圆机。"唐代成玄英注:"圆机,犹环中也;执环中之道,以应是非。"

[8] 某先生:指明末清初的学者顾炎武,引文见所著《日知录》卷十三《南北学者之病》。

中国社会

中国大约太老了，社会上事无大小，都恶劣不堪，像一只黑色的染缸，无论加进什么新东西去，都变成漆黑。可是除了再想法子来改革之外，也再没有别的路。（《两地书·四》，《全集11》P20）

每一新制度，新学术，新名词，传入中国，便如落在黑色染缸，立刻乌黑一团，化为济私助焰之具，科学，亦不过其一而已。

此弊不去，中国是无药可救的。（《偶感》，《花边文学》，《全集5》P480）

中国是古国，历史长了，花样也多，情形复杂，做人也特别难，我觉得别的国度里，处世法总还要简单，所以每个人可以有工夫做些事，在中国，则单是为生活，就要化去生命的几乎全部。（《致萧军、萧红/1934年12月6日》，《全集12》P584）

所谓中国的文明者，其实不过是安排给阔人享用的人肉的筵宴。所谓中国者，其实不过是安排这人肉的筵宴的厨房。不知道而赞颂者是可恕的，否则，此辈当得永远的诅咒！（《灯下漫笔》，《坟》，《全集1》P216）

16

中国的亲权是无上的，……（《娜拉走后怎样》，《坟》，《全集1》P161）

……中国亲权重，父权更重，……（《我们现在怎样做父亲》，《坟》，《全集1》P129）

中国的社会，虽说"道德好"，实际却太缺乏相爱相助的心思。便是"孝""烈"这类道德，也都是旁人毫不负责，一味收拾幼者弱者的方法。（《我们现在怎样做父亲》，《坟》，《全集1》P137）

悲剧将人生的有价值的东西毁灭给人看，喜剧将那无价值的撕破给人看。讥讽又不过是喜剧的变简的一支流。但悲壮滑稽，却都是十景病的仇敌，因为都有破坏性，虽然所破坏的方面各不同。中国如十景病尚存，则不但卢梭他们似的疯子决不产生，并且也决不产生一个悲剧作家或喜剧作家或讽刺诗人。

所有的，只是喜剧底人物或非喜剧非悲剧底人物，在互相模造的十景中生存，一面各各带了十景病。（《再论雷峰塔的倒掉》，《坟》，《全集1》P192）

我常常想，凡有来到中国的，倘能疾首蹙额而憎恶中国，我敢诚意地捧献我的感谢，因为他一定是不愿意吃中国人的肉的！（《灯下漫笔》，《坟》，《全集1》P214）

所以倘有外国的谁，到了已有赴宴的资格的现在，而还替我们诅咒中国的现状者，这才是真有良心的真可佩服的人！

但我们自己是早已布置妥帖了，有贵贱，有大小，有上下。自己被人凌虐，但也可以凌虐别人；自己被人吃，但也可以吃别人。一级一级的制驭着，不能动弹，也不想动弹了。（《灯下漫笔》，《坟》，《全集1》P215）

什么叫"国粹"？照字面看来，必是一国独有，他国所无的事物了。换一句话，便是特别的东西。但特别未必定是好，何以应该保存？

譬如一个人，脸上长了一个瘤，额上肿出一颗疮，的确是与众不同，显出他特别的样子，可以算他的"粹"。然而据我看来，还不如将这"粹"割去了，同别人一样的好。（《随感录·三十五》，《热风》，《全集1》P305）

所以现在的中国，社会上毫无改革，学术上没有发明，美术上也没有创作；至于多人继续的研究，前仆后继的探险，那更不必提了。国人的事业，大抵是专谋时式的成功的经营，以及对于一切的冷笑。（《随感录·四十一》，《热风》，《全集1》P324）

在中国的天地间，不但做人，便是做鬼，也艰难极了。（《〈二十四孝图〉》，《朝花夕拾》，《全集2》P252）

中国各处是壁，然而无形，像"鬼打墙"一般，使你随时能"碰"。能打这墙的，能碰而不感到痛苦的，是胜利者。（《"碰壁"之后》，《华盖集》，《全集3》P72）

我想，中国最不值钱的是工人的体力了，其次是咱们的所谓文章，只有伶俐最值钱。（《并非闲话（三）》，《华盖集》，《全集3》P150）

所以中国的国魂里大概总有这两种魂：官魂和匪魂。（《学界的三魂》，《华盖集续编》，《全集3》P207）

惟有民魂是值得宝贵的，惟有他发扬起来，中国才有真

长辈赠送的通俗读物《二十四孝图说》。年幼的鲁迅看后颇为反感。

进步。……貌似"民魂"的，有时仍不免为"官魂"，这是鉴别魂灵者所应该十分注意的。（《学界的三魂》，《华盖集续编》，《全集3》P208）

……中国是一向重情面的。（《送灶日漫笔》，《华盖集续编》，《全集3》P247）

……中国向来就是"当面输心背面笑"……（《海上通信》，《华盖集续编》，《全集3》P400）

我先前总以为人是有罪，所以枪毙或坐监的。现在才知道其中的许多，是先因为被人认为"可恶"，这才终于犯了罪。

许多罪人，应该称为"可恶的人"。（《可恶罪》，《而已集》，《全集3》P494）

盖天下的事，往往决计问罪在先，而搜集罪状（普通是十条）在后也。（《通信》，《三闲集》，《全集4》P100）

在我自己，觉得中国现在是一个进向大时代的时代。但这所谓大，并不一定指可以由此得生，而也可以由此得死。（《〈尘影〉题辞》，《而已集》，《全集3》P547）

中国公共的东西，实在不容易保存。如果当局者是外行，他便将东西糟完，倘是内行，他便将东西偷完。（《谈所谓"大内档案"》，《而已集》，《全集3》P567）

只有真的声音，才能感动中国的人和世界的人；必须有了真的声音，才能和世界的人同在世界上生活。（《无声的中国》，《三闲集》，《全集4》P15）

"秘"是中国非常普遍的东西，连关于国家大事的会议，也总是"内容非常秘密"，大家不知道。（《作文秘诀》，《南腔北调集》，《全集4》P611）

外国用火药制造子弹御敌，中国却用它做爆竹敬神；外国用罗盘针航海，中国却用它看风水；外国用鸦片医病，中国却拿来当饭吃。同是一种东西，而中外用法之不同有如此，盖不但电气而已。（《电的利弊》，《伪自由书》，《全集5》P15）

中国老例，一死是常常能够增价的，……（《玩笑只当它玩笑（上）》，《花边文学》，《全集5》P519）

一九三五年

叶紫作《丰收》序

作者写出创作来，对于其中的事情，虽然不必亲历过，最好是经历过。诸如要问：那么，写杀人者得自己杀过人，写妓女得自己去卖淫么？答曰：不。也不必的。我所谓经历，是所遇，所见，所闻，并不一定是所作。但所作自然也可以包含在里面，才是实际的经历。所谓体察大众行空，他们的描写了，故必须实地经验，本可以耳食，神游，而足不出户。他们的实地经验么，他们的描写了，这一地场上么，一个世界，化人们望恐惧中的阴森而要避开它。这一本书，这并不应创造？

我是在这纸上，呵加了眼睛一只，呵挂了鼻三二尺，而已，这是什么创造？

比场上么，一个世界，化人们望恐惧中的阴森而要避开它。这一本书，这并不应创造？

（此处略）

不划的，但我们有人懂得这样的艺术，一齐用么看推未来？

我希望并且不远将有更见作者的收获，更好的作品的特点。

一九三五年一月十六日，鲁迅记于上海。

中国确也还盛行着《三国志演义》和《水浒传》，但这是为了社会还有三国气和水浒气的缘故。（《叶紫作〈丰收〉序》，《且介亭杂文二集》，《全集6》P220）

我觉得中国有时是极爱平等的国度。有什么稍稍显得特出，就有人拿了长刀来削平它。（《徐懋庸作〈打杂集〉序》，《且介亭杂文二集》，《全集6》P290）

中国原是"把人不当人"的地方，即使无端诬人为投降或转变，国贼或汉奸，社会上也并不以为奇怪。（《续记》，《且介亭杂文末编》，《全集6》P497）

中国有许多妖魔鬼怪，专喜欢杀害有出息的人，尤其是孩子；要下贱，他们才放心，安心。（《我的第一个师父》，《且介亭杂文末编》，《全集6》P575）

在我自己，总仿佛觉得我们人人之间各有一道高墙，将各个分离，使大家的心无从相印。这就是我们古代的聪明人，即所谓圣贤，将人们分为十等，说是高下各不相同。其名目现在虽然不用了，但那鬼魂却依然存在，并且，变本加厉，连一个人的身体也有了等差，使手对于足也不免视为下等的异类。（《〈阿Q正传〉序》，《集外集》，《全集7》P81）

我想，骂人是中国极普通的事，可惜大家只知道骂而没有知道何以该骂，谁该骂，所以不行。（《通讯（复吕蕴儒）》，《集外集拾遗》，《全集7》P271）

其实，中国本来是撒谎国和造谣国的联邦，……（《通讯（致孙伏园）》，《集外集拾遗》，《全集7》P275）

但在中国，却确是谣言也足以谋害人的，……（《致韦素园/1931年2月2日》，《全集12》P35）

古时候有牵牵连连的"瓜蔓抄"[1]，我是知道的，但总以为这是古时候的事，直到事实给了我教训，我才分明省悟了做今人也和做古人一样难。（《两地书·序言》，《全集11》P3）

……据我看来，要防一个不好的结果，就是白用了许多牺牲，而反为巧人取得自利的机会，这种在中国是常有的。（《两地书·二九》，《全集11》P90）

我常想：治中国应该有两种方法，对新的用新法，对旧的仍用旧法。例如"遗老"有罪，即该用清朝法律：打屁股。（《两地书·三五》，《全集11》P102）

中国人无感染性，他国思潮，甚难移植；将来之乱，亦仍是中国式之乱，非俄国式之乱也。……（《致宋崇义/1920年5月4日》，《全集11》P370）

又其实，错与被骂，在中国现在，并不相干。错未必被骂，被骂者未必便错。（《致陶亢德/1933年10月18日》，《全集12》P238）

读经，作文言，磕头，打屁股，正是现在必定兴盛的事，当和其主人一同倒毙。（《致曹聚仁/1934年6月9日》，《全集12》P454）

其实中国何尝有真正的党徒，随风转舵，二十余年矣，可曾见有人为他的首领拼命？将来的狂热的扮别的伟人者，什九正是现在的扮Herr Hitler[2]的人。（《致郑振铎/1935年1月8日》，《全集13》P12）

官威莫测，即使无论如何圆通，也难办的，因为中国的事，此退一步，而彼不进者极少，大抵反进两步，非力批其颊，彼决不止步也。我说中国人非中庸者，亦因见此等事太多之故。（《致曹聚仁/1935年1月17日》，《全集13》P19）

可见中国的邪鬼，非常害怕明确，喜欢含混。（《致增田涉/1934年2月27日》，《全集13》P564）

中国学共和不像，谈者多以为共和于中国不宜；其实以前之专制，何尝相宜？专制之时，亦无忠臣，亦非强国也。（《致宋崇义/1920年5月4日》，《全集11》P370）

……正如来信所说，中国的事，大抵是由于外铄的，所以世界无大变动，中国也不见得单独全局变动，待到能变动时，帝国主义必已凋落，不复有收买的主人了。（《致杨霁云/1934年6月9日》，《全集12》P455）

注　释

[1]　瓜蔓抄：《明史》载，明代建文帝遗臣景清企图谋杀明成祖，事情败露，被剥皮、磔死，成祖犹未泄恨，又严令灭族，株连九族姻亲，门生之门生，并籍杀其乡人，村里为墟。时人称之为"瓜蔓抄"，意谓残酷诛戮，辗转攀染，如瓜蔓之延续。

[2]　Herr Hitler：德语，希特勒先生。

中国历史

历史上都写着中国的灵魂，指示着将来的命运，只因为涂饰太厚，废话太多，所以很不容易察出底细来。正如通过密叶投射在莓苔上面的月光，只看见点点的碎影。（《忽然想到》，《华盖集》，《全集3》P17）

中国十三经二十五史，正是酋长祭师们一心崇奉的治国平天下的谱，……（《随感录·四十二》，《热风》，《全集1》P328）

因为历史结帐，不能像数学一般精密，写下许多小数，却只能学粗人算帐的四舍五入法门，记一笔整数。

中国历史的整数里面，实在没有什么思想主义在内。这整数只是两种物质，——是刀与火，"来了"便是他的总名。（《随感录·五十九》，《热风》，《全集1》P355）

从前的经验，是从皇帝脚底下学得；现在与将来的经验，是从皇帝的奴才的脚底下学得。奴才的数目多，心传的经验家也愈多。待到经验家二世的全盛时代，那便是理想单被轻薄，理想家单当妄人，还要算是幸福佼幸了。（《随感录·三十九》，《热风》，《全集1》P318）

28

任凭你爱排场的学者们怎样铺张，修史时候设些什么"汉族发祥时代""汉族发达时代""汉族中兴时代"的好题目，好意诚然是可感的，但措辞太绕湾子了。有更其直捷了当的说法在这里——

一，想做奴隶而不得的时代；

二，暂时做稳了奴隶的时代。

这一种循环，也就是"先儒"之所谓"一治一乱"；……（《灯下漫笔》，《坟》，《全集1》P213）

中国向来有别一种破坏的人，所以我们不去破坏的，便常常受破坏。我们一面被破坏，一面修缮着，辛辛苦苦地再过下去。所以我们的生活，便成了一面受破坏，一面修补，一面受破坏，一面修补的生活了。（《记谈话》，《华盖集续编》，《全集3》P357）

中国的文明，就是这样破坏了又修补，破坏了又修补的疲

《热风》。收录1918年至1924年杂文41篇。1925
年11月北新书局出版，鲁迅自题书名。

《坟》。收1907年至1925年论文及随笔23篇。1927年3月未名社出版，由陶元庆作封面。

乏伤残可怜的东西。（《记谈话》，《华盖集续编》，《全集3》P358）

"发思古之幽情"，往往为了现在。（《又是"莎士比亚"》，《花边文学》，《全集5》P571）

而辩护古人，也就是辩护自己。（《忽然想到》，《华盖集》，《全集3》P17）

我们的乏的古人想了几千年，得到一个制驭别人的巧法：可压服的将他压服，否则将他抬高。而抬高也就是一种压服的手段，……（《我的"籍"和"系"》，《华盖集》，《全集3》P82）

"官修"而加以"钦定"的正史也一样，不但本纪咧，列传咧，要摆"史架子"；里面也不敢说什么。据说，字里行间是也含着什么褒贬的，但谁有这么多的心眼儿来猜闷壶卢。……

野史和杂说自然也免不了有讹传，挟恩怨，但看往事却可以较分明，因为它究竟不像正史那样地装腔作势。（《这个与那个》，《华盖集》，《全集3》P138）

人往往憎和尚，憎尼姑，憎回教徒，憎耶教徒，而不憎道士。

懂得此理者，懂得中国大半。（《小杂感》，《而已集》，《全集3》P532）

前曾言中国根柢全在道教，此说近颇广行。以此读史，有多种问题可以迎刃而解。（《致许寿裳/1918年8月20日》，《全集11》P353）

刘邦[1]除秦苛暴，"与父老约，法三章耳"。

而后来仍有族诛，仍禁挟书，还是秦法。

法三章者，话一句耳。（《小杂感》，《而已集》，《全集3》P533）

愚民的发生，是愚民政策的结果，秦始皇[2]已经死了二千多年，看看历史，是没有再用这种政策的了，然而，那效果的遗留，却久远得多么骇人呵！（《上海所感》，《集外集拾遗》，《全集7》P411）

在中国的王道，看去虽然好像是和霸道对立的东西，其实却是兄弟，这之前和之后，一定要有霸道跑来的。（《关于中国的两三件事》，《且介亭杂文》，《全集6》P10）

儒士和方士，是中国特产的名物。方士的最高理想是仙道，儒士的便是王道。但可惜的是这两件在中国终于都没有。据长久的历史上的事实所证明，则倘说先前曾有真的王道者，是妄言，说现在还有者，是新药。（《关于中国的两三件事》，《且介亭杂文》，《全集6》P11）

中国向来的历史上，凡一朝要完的时候，总是自己动手，先前本国的较好的人，物，都打扫干净，给新主子可以不费力量的进来。现在也毫不两样，本国的狗，比洋狗更清楚中国的情形，手段更加巧妙。（《致萧军、萧红/1935年2月9日》，《全集13》P52）

自有历史以来，中国人是一向被同族和异族屠戮，奴隶，敲掠，刑辱，压迫下来的，非人类所能忍受的楚毒，也都身受过，每一考查，真教人觉得不像活在人间。（《病后杂谈之余》，《且介亭杂文》，《全集6》P180）

五六年前考虑杀法，见日本书记彼国杀基督徒时，火刑之法，与别国不同，乃远远以火焙之，已大叹其苛酷。后见唐人笔记，则云有官杀盗，亦用火缓焙，渴则饮以醋，此又日本人所不及者也。岳飞[3]死后，家族流广州，曾有人上书，谓应就地

赐死，则今之人心，似尚非不如古人耳。（《致杨霁云/1934年5月24日》，《全集12》P427）

我们看历史，能够据过去以推知未来，看一个人的已往的经历，也有一样的效用。（《答KS君》，《华盖集》，《全集3》P111）

34

……翻翻过去的血的流水帐簿，原也未始不能够推见将来，只要不将那帐目来作消遣。（《〈争自由的波浪〉小引》，《集外集拾遗》，《全集7》P305）

以过去和现在的铁铸一般的事实来测将来，洞若观火！（《〈守常全集〉题记》，《南腔北调集》，《全集4》P525）

注　释

[1]　刘邦（前256—前195）：即汉高祖，字季，沛县（今江苏沛县）人。西汉王朝的建立者。陈胜、吴广起义反秦，刘邦起兵响应。前206年10月率军攻入咸阳，秦王投降；其时，刘邦与关中父老约法三章，并宣布废除秦朝的一切严刑苛法。见《史记·高祖本纪》。

[2]　秦始皇（前259—前210）：即嬴政。秦王朝的建立者。为了加强

专制统治，销毁民间兵器，焚毁过去各国史书及民间所藏的儒家经典及诸子书籍，坑死方士儒生460多人，史称"焚书坑儒"。

[3]　岳飞(1103—1142)：字鹏举，河南汤阴人，宋代民族英雄。1134年，金兵大举入侵，岳飞率"岳家军"奋起抵抗，收复大片失地。在继续北伐之际，宋高宗和秦桧向金求和，解除岳飞兵权，又以"莫须有"罪名逮捕下狱，后被毒死，著有《岳武穆集》。

权力者

……至今为止的统治阶级的革命，不过是争夺一把旧椅子。去推的时候，好像这椅子很可恨，一夺到手，就又觉得是宝贝了，而同时也自觉了自己正和这"旧的"一气。（《上海文艺之一瞥》，《二心集》，《全集4》P301）

称为神的和称为魔的战斗了，并非争夺天国，而在要得地狱的统治权。所以无论谁胜，地狱至今也还是照样的地狱。（《杂语》，《集外集》，《全集7》P75）

若在中国，则一派握定政权以后，谁还来明白地唠叨自己的不满。（《〈奔流〉编校后记（十二）》，《集外集》，《全集7》P191）

官场有不测之威，一样的事情，忽而不要紧，忽而犯大罪。（《致杜和鎏、陈佩骥/1936年4月2日》，《全集13》P343）

政治家最不喜欢人家反抗他的意见，最不喜欢人家要想，要开口。（《文艺与政治的歧途》，《集外集》，《全集7》P113）

政治家想不准大家思想，而那野蛮时代早已过去了。（《文艺与政治的歧途》，《集外集》，《全集7》P117）

暴君治下的臣民，大抵比暴君更暴；暴君的暴政，时常还不能餍足暴君治下的臣民的欲望。……暴君的臣民，只愿暴政暴在他人的头上，他却看着高兴，拿"残酷"做娱乐，拿"他人的苦"做赏玩，做慰安。（《随感录·六十五·暴君的臣民》，《热风》，《全集1》P366）

约翰弥耳[1]说：专制使人们变成冷嘲。我们却天下太平，连冷嘲也没有。我想：暴君的专制使人们变成冷嘲，愚民的专制使人们变成死相。（《忽然想到》，《华盖集》，《全集3》P43）

约翰穆勒说：专制使人们变成冷嘲。
而他竟不知道共和使人们变成沉默。（《小杂感》，《而已集》，《全集3》P530）

但天下有许多事情，是全不能以口舌争的。总要上谕[2]，或者指挥刀。（《忧"天乳"》，《而已集》，《全集3》P468）

无论是何等样人，一成为猛人，则不问其"猛"之大小，我觉得他的身边便总有几个包围的人们，围得水泄不透。那结果，在内，是使该猛人逐渐变成昏庸，有近乎傀儡的趋势。在外，是使别人所看见的并非该猛人的本相，而是经过了包围者的曲折而显现的幻形。（《扣丝杂感》，《而已集》，《全集3》P486）

凡为当局所"诛"者皆有"罪"。（《小杂感》，《而已集》，《全集3》P533）

捣鬼有术，也有效，然而有限，所以以此成大事者，古来无有。（《捣鬼心传》，《南腔北调集》，《全集4》P617）

世间只要有权门，一定有恶势力，有恶势力，就一定有二花脸，而且有二花脸艺术。（《二丑艺术》，《准风月谈》，《全集5》P198）

周围捣着鬼，无论如何严肃的说法也要减少力量的，而不利于凶手的事情却就在这疑心和笑声中完结了。（《帮闲法发

《集外集》。1933年以前出版的杂文集中未曾编入的诗文合集，1935年5月上海群众图书公司出版。

《准风月谈》。收1933年6月至10月所写杂文
64篇，1934年12月由上海联华书局以"兴中书
局"名义出版。

隐》,《准风月谈》,《全集5》P273）

当上司对于下属解释的时候,你做下属的切不可误解这是在征求你的同意,因为即使你绝对的不同意,他还是干他的。他自有他的梦想,只要金银财宝和飞机大炮的力量还在他手里,他的梦想就会实现;而你的梦想却终于只是梦想,……（《同意和解释》,《准风月谈》,《全集5》P287）

"若要官,杀人放火受招安;若要富,跟着行在卖酒醋。"这是当时的百姓提取了朝政的精华的结语。（《田军作〈八月的乡村〉序》,《且介亭杂文二集》,《全集6》P286）

孔夫子[3]之在中国,是权势者们捧起来的,是那些权势者或想做权势者们的圣人,和一般的民众并无什么关系。（《在现代中国的孔夫子》,《且介亭杂文二集》,《全集6》P316）

孔夫子曾经计划过出色的治国的方法,但那都是为了治民众者,即权势者设想的方法,为民众本身的,却一点也没有。这就是"礼不下庶人"。成为权势者们的圣人,终于变了"敲门砖",实在也叫不得冤枉。（《在现代中国的孔夫子》,《且介亭杂文二集》,《全集6》P318）

无论古今，凡神像，总是放在较高之处的。（《"题未定"草（六至九）》，《且介亭杂文二集》，《全集6》P427）

俄皇[4]的皮鞭和绞架，拷问和西伯利亚，是不能造出对于怨敌也极仁爱的人民的。（《〈争自由的波浪〉小引》，《集外集拾遗》，《全集7》P304）

狐狸方去穴，桃偶[5]已登场。（《哀范君三章》，《集外集拾遗》，《全集7》P425）

知识和强有力是冲突的，不能并立的；强有力不许人民有自由思想，因为这能使能力分散，在动物界有很显的例；猴子的社会是最专制的，猴王说一声走，猴子都走了。在原始时代酋长的命令是不能反对的，无怀疑的，在那时酋长带领着群众并吞衰小的部落；于是部落渐渐的大了，团体也大了。一个人就不能支配了。因为各个人思想发达了，各人的思想不一，民族的思想就不能统一，于是命令不行，团体的力量减小，而渐趋灭亡。在古时野蛮民族常侵略文明很发达的民族，在历史上常见的。现在知识阶级在国内的弊病，正与古时一样。（《关于知识阶级》，《集外集拾遗补编》，《全集8》P189）

……唱高调就是官僚主义。（《致萧军、萧红/1934年12月

6日》，《全集12》P586）

阮大铖[6]虽奸佞，还能作《燕子笺》之类，而今之叭儿及其主人，则连小才也没有，"一代不如一代"，盖不独人类为然也。（《致杨霁云/1935年2月4日》，《全集13》P43）

青年之遭惨遇，我已目睹数次，真是无话可说，那结果，是反使有一些人可以邀功，一面又向外夸称"民气"。当局是向来媚于权贵的。（《致曹靖华/1935年12月19日》，《全集13》P271）

抓到一面旗帜，就自以为出人头地，摆出奴隶总管的架子，以鸣鞭为唯一的业绩——是无药可医，于中国也不但毫无用处，而且还有害处的。（《答徐懋庸并关于抗日统一战线问题》，《全集6》P538）

我常叹新官僚不比旧官僚好，旧者如破落户，新者如暴发户，倘若我们去当听差，一定是破落户子弟容易侍候，若遇暴发户子弟，则贱相未脱而遽大摆其架子，其蠢臭何可向迩哉。夫汉人之为奴才，三百多年矣，一旦成为主人，自然有手足无措之概，……（《致章廷谦/1927年7月28日》，《全集11》P562）

别国的硬汉比中国多，也因为别国的淫刑不及中国的缘故。我曾查欧洲先前虐杀耶稣教徒的记录，其残虐实不及中国，有至死不屈者，史上在姓名之前就冠一"圣"字了。中国青年之至死不屈者，亦常有之，但皆秘不发表。不能受刑至死，就非卖友不可，于是坚卓者无不灭亡，游移者愈益堕落，长此以往，将使中国无一好人，倘中国而终亡，操此策者为之也。（《致曹聚仁/1933年6月18日》，《全集12》P185）

将来未可知，若已往，则治人者虽然尽力施行过各种麻痹术，也还不能十分奏效，……（《春末闲谈》，《坟》，《全集1》P204）

注　释

[1]　约翰弥耳（John Stuart Mill,1806—1873）：鲁迅也译作弥尔、约翰·弥尔、约翰·穆勒，今通译为约翰·密尔，英国哲学家、经济学家、逻辑学家，为古典自由主义的代表人物。主要著作有《谈自由》《功利主义》《逻辑体系》等。

[2]　上谕：皇帝发布的命令或公告。

[3]　孔夫子：即孔子。

[4]　俄皇：俄国皇帝，亦称沙皇。

[5]　桃偶：用桃树梗刻成的木偶，指政治傀儡。

[6]　阮大铖（约 1587—约 1646）：怀宁（今属安徽）人，明末大臣，曾挟嫌打击东林党人，后来降清。《燕子笺》是他作的一本传奇。

奴隶与奴才

我们极容易变成奴隶，而且变了之后，还万分喜欢。（《灯下漫笔》，《坟》，《全集1》P211）

奴才做了主人，是决不肯废去"老爷"的称呼的，他的摆架子，恐怕比他的主人还十足，还可笑。（《上海文艺之一瞥》，《二心集》，《全集4》P302）

……狼是狗的祖宗，一到被人驯服的时候，是就要变而为狗的。……狗也是将人分为两种的，豢养它的主人之类是好人，别的穷人和乞丐在它的眼里就是坏人，不是叫，便是咬。然而这也还不算坏，因为究竟还有一点野性，如果再一变而为叭儿狗，好像不管闲事，而其实在给主子尽职，那就正如现在的自称不问俗事的为艺术而艺术的名人们一样，只好去点缀大学教室了。（《上海文艺之一瞥》，《二心集》，《全集4》P298）

叭儿狗往往比它的主人更严厉。（《小杂感》，《而已集》，《全集3》P532）

司马迁[1]说："儒以文乱法，而侠以武犯禁"[2]，"乱"之和"犯"，决不是"叛"，不过闹点小乱子而已，而况有权贵如"五侯"[3]者在。

"侠"字渐消，强盗起了，但也是侠之流，他们的旗帜是"替天行道"。他们所反对的是奸臣，不是天子，他们所打劫的是平民，不是将相。李逵劫法场[4]时，抢起板斧来排头砍去，而所砍的是看客。一部《水浒》，说得很分明：因为不反对天子，所以大军一到，便受招安，替国家打别的强盗——不"替天行道"[5]的强盗去了。终于是奴才。（《流氓的变迁》，《三闲集》，《全集4》P155）

专制者的反面就是奴才，有权时无所不为，失势时即奴性十足。……做主子时以一切别人为奴才，则有了主子，一定以奴才自命：这是天经地义，无可动摇的。（《谚语》，《南腔北调集》，《全集4》P542）

凡活着的，有些出于心服，多数是被压服的。（《半夏小集》，《且介亭杂文末编》，《全集6》P596）

久受压制的人们，被压制时只能忍苦，幸而解放了便只知道作乐，悲壮剧是不能久留在记忆里的。（《黄花节的杂感》，《而已集》，《全集3》P409）

一个活人，当然是总想活下去的，就是真正老牌的奴隶，也还在打熬着要活下去。然而自己明知道是奴隶，打熬着，并且不平着，挣扎着，一面"意图"挣脱以至实行挣脱的，即使暂时失败，还是套上了镣铐罢，他却不过是单单的奴隶。如果从奴隶生活中寻出"美"来，赞叹，抚摩，陶醉，那可简直是万劫不复的奴才了，他使自己和别人永远安住于这生活。（《漫与》，《南腔北调集》，《全集4》P588）

叫人整年的悲愤，劳作的英雄们，一定是自己毫不知道悲愤，劳作的人物。在实际上，悲愤者和劳作者，是时时需要休息和高兴的。古埃及的奴隶们，有时也会冷然一笑。这是蔑视一切的笑。不懂得这笑的意义者，只有主子和自安于奴才生活，而劳作较少，并且失了悲愤的奴才。（《过年》，《花边文学》，《全集5》P440）

暴露者揭发种种隐秘，自以为有益于人们，然而无聊的人，为消遣无聊计，是甘于受欺，并且安于自欺的，否则就更无聊赖。因为这，所以使戏法长存于天地之间，也所以使暴露幽暗不但为欺人者所深恶，亦且为被欺者所深恶。

暴露者只在有为的人们中有益，在无聊的人们中便要灭亡。（《朋友》，《花边文学》，《全集5》P457）

奴隶只能奉行，不许言议；评论固然不可，妄自颂扬也不可，这就是"思不出其位"。譬如说：主子，您这袍角有些儿破了，拖下去怕更要破烂，还是补一补好。进言者方自以为在尽忠，而其实却犯了罪，因为另有准其讲这样的话的人在，不是谁都可说的。一乱说，便是"越俎代谋"，当然"罪有应得"。倘自以为是"忠而获咎"，那不过是自己的胡涂。（《隔膜》，《且介亭杂文》，《全集6》P44）

帮闲的盛世是帮忙，到末代就只剩了这扯淡。（《从帮忙到扯淡》，《且介亭杂文二集》，《全集6》P345）

人民真被治得好像厚皮的，没有感觉的癞象一样了，但正因为成了癞皮，所以又会踏着残酷前进，这也是虎吏和暴君所不及料，而即使料及，也还是毫无办法的。（《偶成》，《南腔北调集》，《全集4》P585）

注　释

[1]　司马迁（前145—约前86）：字子长，夏阳（今陕西韩城）人，西汉时历史学家、文学家。汉武帝时，因替李陵辩护，下狱遭腐刑（阉割）。出狱后任中书令，著《史记》一书。

[2]　儒以文乱法，而侠以武犯禁：语见《韩非子·五蠹》，司马迁曾在《史记》中引用。

[3]　五侯：汉成帝时，外戚王谭、王逢时、王根、王立、王商兄弟五人同一天封侯，时称"五侯"。据《汉书》载，五侯豢养许多儒侠之士。

[4]　李逵劫法场：见一百二十回本《水浒传》第四十回。

[5]　替天行道：是《水浒传》中农民起义首领宋江一贯打的旗号。

文人，学者，知识分子

中国的文人，对于人生，——至少是对于社会现象，向来就多没有正视的勇气。（《论睁了眼看》，《坟》，《全集1》P237）

世间大抵只知道指挥刀所以指挥武士，而不想到也可以指挥文人。（《小杂感》，《而已集》，《全集3》P530）

这是中国的老例，读书人的心里大抵含着杀机，对于异己者总给他安排下一点可死之道。（《可惨与可笑》，《华盖集续编》，《全集3》P269）

其实是中国自南北朝以来，凡有文人学士，道士和尚，大抵以"无特操"为特色的。（《吃教》，《准风月谈》，《全集5》P310）

文界的腐败，和武界也并不两样，你如果较清楚上海以至北京的情形，就知道有一群蛆虫，在怎样挂着好看的招牌，在帮助权力者暗杀青年的心，使中国完结得无声无臭。（《致萧军、萧红/1930年2月9日》，《全集13》P52）

所以含血喷人，已成了中国士君子的常经，实在不单是他们的识见，只能够见到世上一切都靠金钱的势力。（《〈二心集〉序言》，《全集4》P190）

中国向来的老例，做皇帝做牢靠和做倒霉的时候，总要和文人学士扳一下子相好。做牢靠的时候是"偃武修文"，粉饰粉饰；做倒霉的时候是又以为他们真有"治国平天下"的大道，再问问看，要说得直白一点，就是见于《红楼梦》上的所谓"病笃乱投医"了。（《知难行难》，《二心集》，《全集4》P339）

"不相信"就是"愚民"的远害的堑壕，也是使他们成为散沙的毒素。然而有这脾气的也不但是"愚民"，虽是说教的士大夫，相信自己和别人的，现在也未必有多少。（《难行和不信》，《且介亭杂文》，《全集6》P51）

中国的有一些士大夫，总爱无中生有，移花接木的造出

故事来，他们不但歌颂升平，还粉饰黑暗。（《病后杂谈》，《且介亭杂文》，《全集6》P172）

文人不应该随和；而且文人也不会随和，会随和的，只有和事老，但这不随和，却又并非回避，只是唱着所是，颂着所爱，而不管所非和所憎；他得像热烈地主张着所是一样，热烈地攻击着所非，像热烈地拥抱着所爱一样，更热烈地拥抱着所憎——恰如赫尔库来斯（Hercules）的紧抱了巨人安太乌斯（Antaeus）一样，因为要折断他的肋骨。（《再论"文人相轻"》，《且介亭杂文二集》，《全集6》P336）

至于文人，则不但要以热烈的憎，向"异己"者进攻，还得以热烈的憎，向"死的说教者"抗战。在现在这"可怜"的时代，能杀才能生，能憎才能爱，能生与爱，才能文。（《七论"文人相轻"——两伤》，《且介亭杂文二集》，《全集6》P405）

中国士大夫之好行小巧，真应"大发感慨"，明即以此亡。而江浙尤为此种小巧渊薮。（《致江绍原/1927年8月2日》，《全集11》P567）

……以文笔作生活，是世上最苦的职业。（《致宫竹心

/1921年8月26日》，《全集11》P393）

文学家容易变化，信里的话是不大可靠的，……（《致王志之/1933年1月9日》，《全集12》P139）

昔之诗人，本为梦者，今谈世事，遂如狂醒[1]；诗人原宜热中，然神驰宦海[2]，则溺矣。（《致台静农/1933年6月28日》，《全集12》P192）

我与中国新文人相周旋者十余年，颇觉得以古怪者为多，而漂聚于上海者，实尤为古怪，造谣生事，害人卖友，几乎视若当然，而最可怕的是动辄要你生命。但倘遇此辈，第一切戒愤怒，不必与之针锋相对，只须付之一笑，徐徐扑之。（《致黎烈文/1933年7月8日》，《全集12》P194）

继杨杏佛[3]而该死之榜[4]，的确有之，但弄笔之徒，列名其上者实不过六七人，而竟至于天下骚然，鸡飞狗走者内智识阶级之怕死者半，盖怕死亦一种智识耳，孔子所谓知命者不立于岩墙之下[5]也。而若干文虻（古本作氓），趁势造谣，各处恫吓者亦半。一声失火，大家乱窜，塞住大门，踏死数十，古已有之，今一人也不踏死，则知识阶级之故也。是大可夸，丑云乎哉？（《致曹聚仁/1933年7月11日》，《全集12》P196）

然而中国环境，与艺术最不利，青年竟无法看见一幅欧美名画的原作，都在摸暗弄堂，要有杰出的作家，恐怕是很难的。至于有力游历外国的"大师"[6]之流，他却只在为自己个人吹打，岂不可叹。（《致姚克/1934年3月24日》，《全集12》P359）

多伤感情调，乃知识分子之常，我亦大有此病，或此生终不能改；杨邨人[7]却无之，此公实是一无赖子，无真情，亦无真相也。（《致曹聚仁/1934年4月30日》，《全集12》P397）

但是"作家"之变幻无穷，一面固觉得是文坛之不幸，一面也使真相更分明，凡有狐狸，尾巴终必露出，而且新进者也在多起来，所以不必悲观的。（《致杨霁云/1934年5月31日》，《全集12》P438）

中国的文坛上，人渣本来多。近十年中，有些青年，不乐科学，便学文学；不会作文，便学美术，而又不肯练画，则留长头发，放大领结完事，真是乌烟瘴气。假使中国全是这类人，实在怕不免于糟。但社会里还有别的方面，会从旁给文坛以影响；试看社会现状，已岌岌不可终日，则叭儿们也正是岌岌不可终日的。它们那里有一点自信心，连做狗也不忠实。

鲁迅致台静农信。鲁迅在信中谈到谢绝诺贝尔文学奖候选人提名事。

一有变化，它们就另换一副面目。（《致杨霁云/1934年6月3日》，《全集12》P445）

上海的文场，正如商场，也是你枪我刀的世界，倘不是有流氓手段，除受伤以外，并不会落得什么。（《致徐懋庸/1934年9月20日》，《全集12》P517）

所谓上海的文学家们，也很有些可怕的，他们会因一点小利，要别人的性命。但自然是无聊的，并不可怕的居多，但却讨厌得很，恰如虱子跳蚤一样，常常会暗中咬你几个疙瘩，虽然不算大事，你总得搔一下了。这种人物，还是不和他们认识好。我最讨厌江南才子，扭扭捏捏，没有人气，不像人样，现在虽然大抵改穿洋服了，内容也并不两样。其实上海本地人倒并不坏的，只是各处坏种，多跑到上海来作恶，所以上海便成为下流之地了。（《致萧军、萧红/1934年12月26日》，《全集12》P620）

所谓文坛，其实也如此（因为文人也是中国人，不见得就和商人之类两样），鬼魅多得很，不过这些人，你还没有遇见。如果遇见，是要提防，不能赤膊的。（《致萧军、萧红/1935年3月13日》，《全集13》P79）

智识分子，性质不好的多，尤其是所谓"文学家"，左翼兴盛的时候，以为这是时髦，立刻左倾，待到压迫来了，他受不住，又即刻变化，甚而至于卖朋友（但蓬子未做这事），作为倒过去的见面礼。这大约是各国都有的事。但我看中国较甚，真不是好现象。（《致萧军、萧红/1934年11月17日》，《全集12》P566）

上海也有原是作家出身的老板，但是比纯粹商人更刻薄，更凶。（《致孟十还/1934年12月6日》，《全集12》P583）

我觉得文人的性质，是颇不好的，因为他智识思想，都较为复杂，而且处在可以东倒西歪的地位，所以坚定的人是不多的。（《致萧军、萧红/1934年12月10日》，《全集12》P593）

如果已经开始笔战了，为什么要留情面？留情面是中国文人最大的毛病。他以为自己笔下留情，将来失败了，敌人也会留情面。殊不知那时他是决不留情面的。（《致萧军、萧红/1935年1月4日》，《全集13》P3）

上海之所谓"文人"，有些真是坏到出于意料之外，即人面狗心，恐亦不至于此，而居然摇笔作文，大发议论，不以为耻，社会上亦往往视为平常，真大怪事也。（《致曹靖华/1935

年5月22日》，《全集13》P132）

我觉得中国实在还没有可得诺贝尔赏金[8]的人，瑞典最好是不要理我们，谁也不给。倘因为黄色脸皮人，格外优待从宽，反足以长中国人的虚荣心，以为真可与别国大作家比肩了，结果将很坏。（《致台静农/1927年9月25日》，《全集11》P580）

自己一面点电灯，坐火车，吃西餐，一面却骂科学，讲国粹，确是所谓"士大夫"的坏处。印度的甘地[9]，是反英的，他不但不用英国货，连生起病来，也不用英国药，这才是"言行一致"。但中国的读书人，却往往只讲空话，以自示其不凡了。（《致阮善先/1936年2月15日》，《全集13》P309）

文人学士之种种会，亦无生气，要名声，又怕迫压，那能做出事来。（《致曹靖华/1936年2月29日》，《全集13》P321）

我的文章，未有阅历的人实在不见得看得懂，而中国的读书人，又是不注意世事的居多，所以真是无法可想。（《致王冶秋/1936年4月5日》，《全集13》P350）

冷箭是上海"作家"的特产，……这爱放冷箭的病根，是在他们误以为做成一个作家，专靠计策，不靠作品的。所以一有一件大事，就想借此连络谁，打倒谁，把自己抬上去。殊不知这并无大效，……（《致时玳/1936年5月25日》，《全集13》P384）

60

这里的有一种文学家，其实就是天津之所谓青皮[10]，他们就专用造谣，恫吓，播弄手段张网，以罗致不知底细的文学青年，给自己造地位；作品呢，却并没有。真是惟以嗡嗡营营为能事。（《致王冶秋/1936年9月15日》，《全集13》P426）

日本的学者或文学家，来中国之前大抵抱有成见，来到中国后，害怕遇到和他的成见相抵触的事实，就回避。这样来等于不来，于是一辈子以乱写告终。（《致增田涉/1932年1月16日》，《全集13》P474）

但是，世上虽然有斩钉截铁的办法，却很少见有敢负责任的宣言。所多的是自在黑幕中，偏说不知道；替暴君奔走，却以局外人自居；满肚子怀着鬼胎，而装出公允的笑脸；有谁明说出自己所观察的是非来的，他便用了"流言"来作不负责任的武器：这种蛆虫充满的"臭毛厕"[11]，是难于打扫干净的。（《并非闲话》，《华盖集》，《全集3》P78）

这样的山羊我只见过一回，确是走在一群胡羊的前面，脖子上还挂着一个小铃铎，作为智识阶级的徽章。通常，领的赶的却多是牧人，胡羊们便成了一长串，挨挨挤挤，浩浩荡荡，凝着柔顺有余的眼色，跟定他匆匆地竞奔它们的前程。……

人群中也很有这样的山羊，能领了群众稳妥平静地走去，直到他们应该走到的所在。（《一点比喻》，《华盖集续编》，《全集3》P217）

而教授自身，纵使自以为怎样放达，下意识里总不免有架子在。（《读书杂谈》，《而已集》，《全集3》P441）

博识家的话多浅，专门家的话多悖的。（《名人和名言》，《且介亭杂文二集》，《全集6》P362）

名人被崇奉所诱惑，也忘记了自己之所以得名是那一种学问或事业，渐以为一切无不胜人，无所不谈，于是乎就悖起来了。其实，专门家除了他的专长之外，许多见识是往往不及博识家或常识者的。（《名人和名言》，《且介亭杂文二集》，《全集6》P362）

天下那有以鬼祟而成为学者的。（《致章廷谦/1927年7月7

日》，《全集11》P556）

北平之所谓学者，所下的是抄撮功夫居多，而架子却当然高大，因为他们误解架子乃学者之必要条件也。（《致姚克/1934年2月11日》，《全集12》P334）

62

清初学者，是纵论唐宋，搜讨前明遗闻的，文字狱[12]后，乃专事研究错字，争论生日，变了"邻猫生子"[13]的学者，革命以后，本可开展一些了，而还是守着奴才家法，不过这于饭碗，是极有益处的。（《致姚克/1934年4月9日》，《全集12》P379）

近二年来，一切无耻无良之事，几乎无所不有，"博士""学者"诸尊称，早已成为恶名，此后则"作家"之名，亦将为稍知自爱者所不乐受。近颇自憾未习他业，不能改图，否则虽驱车贩米，亦较作家干净，因驱车贩米，不过车夫与小商人而已，而在"作家"一名之中，则可包含无数恶行也。（《致姚克/1934年4月12日》，《全集12》P385）

北平诸公，真令人齿冷，或则媚上，或则取容，回忆五四时，殊有隔世之感。（《致台静农/1934年5月10日》，《全集12》P406）

静事^[14]已闻，但未详。我想，总不外乎献功和抢饭碗，此风已南北如一。段^[15]执政时，我以为"学者文人"已露尽了丑态，现在看起来，这估计是错的。昔读宋明末野史，尝时时掷书愤叹，而不料竟亲身遇之也，呜呼！（《致郑振铎/1934年8月5日》，《全集12》P501）

汉朝以后，言论的机关，都被"业儒"的垄断了。宋元以来，尤其利害。我们几乎看不见一部非业儒的书，听不到一句非士人的话。除了和尚道士，奉旨可以说话的以外，其余"异端"的声音，决不能出他卧房一步。况且世人大抵受了"儒者柔也"的影响，不述而作，最为犯忌。即使有人见到，也不肯用性命来换真理。（《我之节烈观》，《坟》，《全集1》P122）

关于我的记载，虽未见，但记得有人提起过，常州报上，一定是从沪报转载的，请不必觅寄。此种技俩，为中国所独有，殊可耻。但因可耻之事，世间不以为奇，故诬蔑遂亦失效，充其极致，不过欲人以我为小人，然而今之巍巍者，正非君子也。倘遇真小人，他们将磕头之不暇矣。（《致杨霁云/1935年12月19日》，《全集13》P270）

偶看明末野史，觉现在的士大夫和那时之相像，真令人不得不惊。（《致郑振铎/1935年1月8日》，《全集13》P11）

敢于……自己省察，攻击，鞭策的批评家，在中国是都不大容易存在的。（《〈出了象牙之塔〉后记》，《译文序跋集》，《全集10》P242）

64

中国的论客，论事论人，向来是极苛酷的。（《致萧军/1935年10月》，《全集13》P238）

我看中国有许多智识分子，嘴里用各种学说和道理，来粉饰自己的行为，其实却只顾自己一个的便利和舒服，凡有被他遇见的，都用作生活的材料，一路吃过去，像白蚁一样，而遗留下来的，却只是一条排泄的粪。社会上这样的东西一多，社会是要糟的。（《致萧军、萧红/1935年4月23日》，《全集13》P116）

豢养文士仿佛是赞助文艺似的，而其实也是敌。（《诗歌之敌》，《集外集拾遗》，《全集7》P239）

从前文艺家的话，政治革命家原是赞同过；直到革命成功，政治家把从前所反对那些人用过的老法子重新采用起来，在文艺家仍不免于不满意，又非被排轧出去不可，或是割掉他的头。割掉他的头，前面我讲过，那是顶好的法子咾，——从十九世纪到现在，世界文艺的趋势，大都如此。（《文艺与政治的歧途》，《集外集》，《全集7》P118）

真的知识阶级是不顾利害的，如想到种种利害，就是假的，冒充的知识阶级；只是假知识阶级的寿命倒比较长一点。像今天发表这个主张，明天发表那个意见的人，思想似乎天天在进步；只是真的知识阶级的进步，决不能如此快的。不过他们对于社会永不会满意的，所感受的永远是痛苦，所看到的永远是缺点，他们预备着将来的牺牲，社会也因为有了他们而热闹，不过他的本身——心身方面总是苦痛的；因为这也是旧式社会传下来的遗物。（《关于知识阶级》，《集外集拾遗补编》，《全集8》P190）

政治家认定文学家是社会扰乱的煽动者，心想杀掉他，社会就可平安，殊不知杀了文学家，社会还是要革命；俄国的文学家被杀掉的充军的不在少数，革命的火焰不是到处燃着吗？（《文艺与政治的歧途》，《集外集》，《全集7》P116）

注　释

[1]　狂酲：狂醉。酲，酒醉时神志不清。

[2]　宦海：官场。

[3]　杨杏佛（1893—1933）：名铨，江西清江人。辛亥革命后任南京临时总统府秘书。1932 年与宋庆龄、蔡元培、鲁迅等在上海发起成立中国民权保障同盟，任副会长兼总干事，次年 6 月 18 日遭国民党特务暗杀。

[4]　该死之榜：暗杀黑名单。据有关史料称，该名单名为"钩命单"。

[5]　知命者不立于岩墙之下：语出《孟子》："是故知命者，不立于岩墙之下。"此处指孔子，有误。

[6]　大师：这里可能指刘海粟。1932 年至 1934 年间，刘海粟等人曾在欧洲一带举行中国美术展览和个人书画展览。

[7]　杨邨人（1901—1955）：广东潮安人。1925 年加入中国共产党，1928 年参加创造社。1932 年公开发表《离开政党生活的战壕》，诋毁革命，明确转向。从 1930 年起，多次化名污蔑和攻击鲁迅，可详见《南腔北调集》中的《答杨邨人先生公开信的公开信》。

[8]　诺贝尔赏金：即诺贝尔奖金。以瑞典化学家和发明家诺贝尔（1833—1896）的遗产设立的奖金，从 1901 年起，每年在诺贝尔逝世纪念日颁发科学、文学和和平事业的奖金。1927 年瑞典探测家斯文海定来华考察，曾与刘半农商定，拟提名鲁迅为诺贝尔文学奖候选人，并由刘半农托台静农写信探询鲁迅意见。

[9]　甘地（M.K.Gandhi,1869—1948）：印度民族领袖。早年留学英国，主张"非暴力抵抗"，1914 年返国，参加印度国民大会党，倡导对英

国殖民当局的"不合作运动"，曾多次入狱。1948 年在印度的教派纠纷中，被印度教极右分子刺死。

[10]　青皮：无赖，流氓。

[11]　臭毛厕：在女师大学潮发生期间，反对学生运动的学者陈源（西滢）把女师大比作"臭毛厕"。

[12]　文字狱：通过文字著作罗织罪名，对知识分子加以迫害，称文字狱。

[13]　邻猫生子：梁启超在《中国史界革命案》中引英国斯宾塞的话说："或者告者曰：邻家之猫，昨日产一子，以云事实，诚事实也；然谁不知为无用之事实乎？何也？以其与他事毫无关涉，于吾人生活上之行为，毫无影响也。"

[14]　静事：1934 年 7 月 26 日，台静农以"共党嫌疑"罪被捕，后被押往南京囚禁，次年获释。

[15]　段：段祺瑞（1865—1936），安徽合肥人，北洋军阀皖系首领。1916 年袁世凯死后，任国务总理执掌北京政权。1920 年直皖战争中，皖军大败，一度离京，后被奉系拥为"临时政府执政"。1926 年 3 月 18 日，北京军警开枪射杀请愿群众，死伤百余人，造成有名的"三一八惨案"，即段祺瑞下令所为。惨案发生后，又传出有 48 人的通缉名单，鲁迅名列其中。

论启蒙

叛逆的猛士出于人间；他屹立着，洞见一切已改和现有的废墟和荒坟，记得一切深广和久远的苦痛，正视一切重叠淤积的凝血，深知一切已死，方生，将生和未生。（《淡淡的血痕中》，《野草》，《全集2》P221）

真的猛士，敢于直面惨淡的人生，敢于正视淋漓的鲜血。（《记念刘和珍君》，《华盖集续编》，《全集3》P274）

由历史所指示，凡有改革，最初，总是觉悟的智识者的任务。但这些智识者，却必须有研究，能思索，有决断，而且有毅力。他也用权，却不是骗人，他利导，却并非迎合。他不看轻自己，以为是大家的戏子，也不看轻别人，当作自己的喽罗。他只是大众中的一个人，我想，这才可以做大众的事业。（《门外文谈》，《且介亭杂文》，《全集6》P102）

要启蒙，即必须能懂。懂的标准，当然不能俯就低能儿或白痴，但应该着眼于一般的大众，……（《连环图画琐谈》，《且介亭杂文》，《全集6》P27）

……多数的力量是伟大，要紧的，有志于改革者倘不深知民众的心，设法利导，改进，则无论怎样的高文宏议，浪漫古典，都和他们无干，……（《习惯与改革》，《二心集》，《全集4》P223）

69

我想，现在没奈何，也只好从智识阶级——其实中国并没有俄国之所谓智识阶级，此事说起来话太长，姑且从众这样说——一面先行设法，民众俟将来再谈。（《通讯》，《华盖集》，《全集3》P24）

外国人的知道我们，常比我们自己知道得更清楚。（《忽然想到》，《华盖集》，《全集3》P93）

"个人的自大"，就是独异，是对庸众宣战。……"合群的自大"，"爱国的自大"，是党同伐异，是对少数的天才宣战；……（《随感录·三十八》，《热风》，《全集1》P311）

中国的人们，遇见带有会使自己不安的朕兆的人物，向来就用两样法：将他压下去，或者将他捧起来。

压下去就用旧习惯和旧道德，或者凭官力，所以孤独的精神的战士，虽然为民众战斗，却往往反为这"所为"而灭亡。（《这个与那个》，《华盖集》，《全集3》P140）

豫言者，即先觉，每为故国所不容，也每受同时人的迫害，大人物也时常这样。他要得人们的恭维赞叹时，必须死掉，或者沉默，或者不在面前。

总而言之，第一要难于质证。（《无花的蔷薇》，《华盖集续编》，《全集3》P256）

待到伟大的人物成为化石，人们都称他伟人时，他已经变了傀儡了。

有一流人之所谓伟大与渺小，是指他可给自己利用的效果的大小而言。（《无花的蔷薇》，《华盖集续编》，《全集3》P256）

假如是一个腐败的社会，则从他所发生的当然只有腐败的舆论，如果引以为鉴，来改正自己，则其结果，即非同流合污，也必变成圆滑。据我的意见，公正的世评使人谦逊，而不公正或流言式的世评，则使人傲慢或冷嘲，否则，他一定要愤死或被逼死的。（《〈书斋生活与其危险〉译者附记》，《译

文序跋集》，《全集10》P277）

此后最重要的是改革国民性，否则，无论是专制，是共和，是什么什么，招牌虽换，货色照旧，全不行的。（《两地书·八》，《全集11》P31）

无论古今，凡是没有一定的理论，或主张的变化并无线索可寻，而随时拿了各种各派的理论来作武器的人，都可以称之为流氓。（《上海文艺之一瞥》，《二心集》，《全集4》P297）

不满是向上的车轮，能够载着不自满的人类，向人道前进。（《随感录·六十一》，《热风》，《全集1》P359）

生命的路是进步的，总是沿着无限的精神三角形的斜面向上走，什么都阻止他不得。……无论什么黑暗来防范思潮，什么悲惨来袭击社会，什么罪恶来亵渎人道，人类的渴仰完全的潜力，总是踏了这些铁蒺藜向前进。（《随感录·六十六》，《热风》，《全集1》P368）

希望是附丽于存在的，有存在，便有希望，有希望，便是光明。如果历史家的话不是诳话，则世界上的事物可还没有因为黑暗而长存的先例。黑暗只能附丽于渐就灭亡的事物，一灭亡，黑暗也就一同灭亡了，它不永久。然而将来是永远要有的，并且总要光明起来；只要不做黑暗的附着物，为光明而灭亡，则我们一定有悠久的将来，而且一定是光明的将来。

（《记谈话》，《华盖集续编》，《全集3》P359）

论群众

　　……对于群众，在引起他们的公愤之余，还须设法注入深沉的勇气，当鼓舞他们的感情的时候，还须竭力启发明白的理性，而且还得偏重于勇气和理性，从此继续地训练许多年。这声音，自然断乎不及大叫宣战杀贼的大而闳，但我以为却是更紧要而更艰难伟大的工作。

　　否则，历史指示过我们，遭殃的不是什么敌手而是自己的同胞和子孙。（《杂忆》，《坟》，《全集1》P225）

　　群众，——尤其是中国的，——永远是戏剧的看客。……对于这样的群众没有法，只好使他们无戏可看倒是疗救，正无需乎震骇一时的牺牲，不如深沉的韧性的战斗。（《娜拉走后怎样》，《坟》，《全集1》P163）

　　人民在欺骗和压制之下，失了力量，哑了声音，至多也不过有几句民谣。"天下有道，则庶人不议。"[1]就是秦始皇隋炀帝[2]，他会自承无道么？百姓就只好永远箝口结舌，相率被杀，被奴。这情形一直继续下来，谁也忘记了开口，但也许不能开口。（《田军作〈八月的乡村〉序》，《且介亭杂文二集》，《全集6》P286）

大约国民如此，是决不会有好的政府的；好的政府，或者反而容易倒。（《通讯》，《华盖集》，《全集3》P21）

总之，我以为国民倘没有智，没有勇，而单靠一种所谓"气"，实在是非常危险的。现在，应该更进而着手于较为坚实的工作了。（《杂忆》，《坟》，《全集1》P226）

……民众的罚恶之心，并不下于学者和军阀。近来我悟到凡带一点改革性的主张，倘于社会无涉，才可以作为"废话"而存留，万一见效，提倡者即大概不免吃苦或杀身之祸。（《答有恒先生》，《而已集》，《全集3》P457）

钉杀了"人之子"的人们的身上，比钉杀了"神之子"[3]的尤其血污，血腥。（《复仇》，《野草》，《全集2》P175）

中国百姓一向自称"蚁民"，现在为便于譬喻起见，姑升为牛罢，铁骑一过，茹毛饮血，蹄骨狼藉，倘可避免，他们自然是总想避免的，但如果肯放任他们自啮野草，苟延残喘，挤出乳来将这些"坐寇"喂得饱饱的，后来能够比较的不复狼吞虎咽，则他们就以为如天之福。所区别的只在"流"与"坐"，却并不在"寇"与"王"。（《谈金圣叹》，《南腔北调集》，《全集4》P528）

笑里可以有刀，自称酷爱和平的人民，也会有杀人不见血的武器，那就是造谣言。（《谣言世家》，《南腔北调集》，《全集4》P595）

在要求天才的产生之前，应该先要求可以使天才生长的民众。——譬如想有乔木，想看好花，一定要有好土；没有土，便没有花木了；所以土实在较花木还重要。花木非有土不可，正同拿破仑非有好兵不可一样。（《未有天才之前》，《坟》，《全集1》P166）

泥土和天才比，当然是不足齿数的，然而不是坚苦卓绝者，也怕不容易做；不过事在人为，比空等天赋的天才有把握。这一点，是泥土的伟大的地方，也是反有大希望的地方。（《未有天才之前》，《坟》，《全集1》P169）

诚然，老百姓虽然不读诗书，不明史法，不解在瑜中求瑕，屎里觅道，但能从大概上看，明黑白，辨是非，往往有决非清高通达的士大夫所可几及之处的。（《"题未定"草（六至九）》，《且介亭杂文二集》，《全集6》P435）

中国现在的工农们，其实是像孩子一样，喜新好异的，他们之所以见得顽固者，是在疑心，或实在感到"新的"有害于他们的时候。（《致段干青/1935年1月18日》，《全集13》P24）

然而世界却正由愚人造成，聪明人决不能支持世界，尤其是中国的聪明人。（《写在〈坟〉后面》，《坟》，《全集1》P286）

注　释

[1]　天下有道，则庶人不议：孔子的话，见《论语·季氏》。朱熹的解释是："上无失政，则下无私议，非箝其口使不敢言也。"

[2]　隋炀帝（569—618）：隋代皇帝，即杨广，604年弑父即位。他营建东都洛阳，开运河，修长城，辟驰通，又发动攻打高丽的战争；徭役繁重，民生涂炭，是中国历史上有名的残暴荒淫的皇帝。

[3]　神之子：指耶稣，基督教信奉的救世主和立教者。《圣经》记载

他的故事，说他是上帝的独生子，为救赎人类，降世为人，自称"人之子"。他召收十二门徒传教，被其中的一个叫犹大的出卖，最后被钉死在十字架上。

论流氓

　　然而为盗要被官兵所打，捕盗也要被强盗所打，要十分安全的侠客，是觉得都不妥当的，于是有流氓。和尚喝酒他来打，男女通奸他来捉，私娼私贩他来凌辱，为的是维持风化；乡下人不懂租界章程他来欺侮，为的是看不起无知；剪发女人他来嘲骂，社会改革者他来憎恶，为的是宝爱秩序。但后面是传统的靠山，对手又都非浩荡的强敌，他就在其间横行过去。现在的小说，还没有写出这一种典型的书，惟《九尾龟》[1]中的章秋谷，以为他给妓女吃苦，是因为她要敲人们竹杠，所以给以惩罚之类的叙述，约略近之。（《流氓的变迁》，《三闲集》，《全集4》P156）

　　激烈得快的，也平和得快，甚至于也颓废得快。倘在文人，他总有一番辩护自己的变化的理由，引经据典。譬如说，要人帮忙时候用克鲁巴金[2]的互助论，要和人争闹的时候就用达尔文的生存竞争说。无论古今，凡是没有一定的理论，或主张的变化并无线索可寻，而随时拿了各种各派的理论来作武器的人，都可以称之为流氓。（《上海文艺之一瞥》，《二心集》，《全集4》P297）

流尸文学仍将与流氓政治同在。（《"民族主义文学"的任务和运命》，《二心集》，《全集4》P312）

在一部旧的笔记小说——我忘了它的书名了——上，曾经载有一个故事，说明朝有一个武官叫说书人讲故事，他便对他讲檀道济——晋朝的一个将军，讲完之后，那武官就吩咐打说书人一顿，人问他什么缘故，他说道："他既然对我讲檀道济，那么，对檀道济是一定去讲我的了。"现在的统治者也神经衰弱到像这武官一样，什么他都怕，因而在出版界上也布置了比先前更进步的流氓，令人看不出流氓的形式而却用着更厉害的流氓手段：用广告，用诬陷，用恐吓……

现在上海虽然还出版着一大堆的所谓文艺杂志，其实却等于空虚。以营业为目的的书店所出的东西，因为怕遭殃，就竭力选些不关痛痒的文章，如说"命固不可以不革，而亦不可以太革"之类，那特色是令人从头看到末尾，终于等于不看。（《上海文艺之一瞥》，《二心集》，《全集4》P302）

现在有些作品，往往并非必要而偏在对话里写上许多骂语

八道湾11号内鲁迅创作《阿Q正传》处

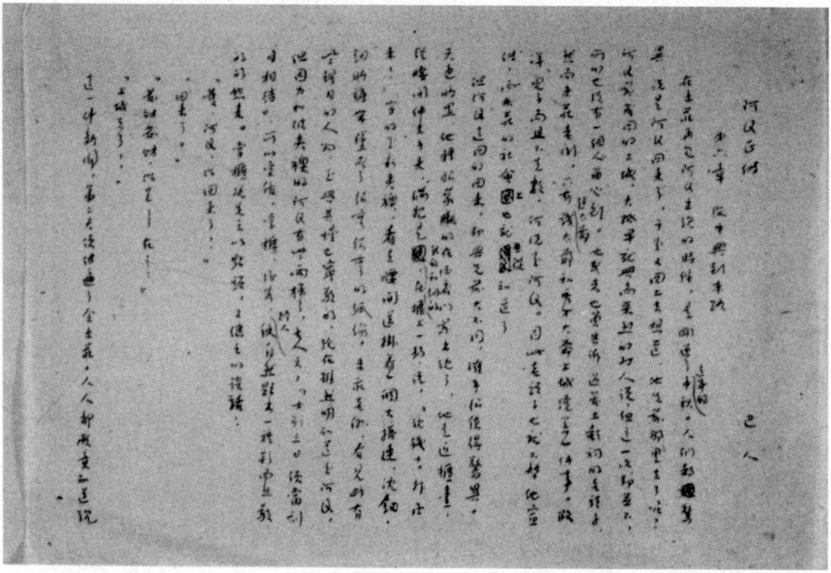

《阿Q正传》手稿一页

去，好像以为非此便不是无产者作品，骂詈愈多，就愈是无产者作品似的。其实好的工农之中，并不随口骂人的多得很，作者不应该将上海流氓的行为，涂在他们身上的。即使有喜欢骂人的无产者，也只是一种坏脾气，作者应该由文艺加以纠正，万不可再来展开，使将来的无阶级社会中，一言不合，便祖宗三代的闹得不可开交。况且即是笔战，就也如别的兵战或拳斗一样，不妨伺隙乘虚，以一击制敌人的死命，如果一味鼓噪，已是《三国志演义》式战法，至于骂一句爹娘，扬长而去，还自以为胜利，那简直是"阿Q"式的战法了。（《辱骂和恐吓决不是战斗》，《二心集》，《全集4》P452）

现在总算中国也有印给儿童看的画本了，其中的主角自然是儿童，然而画中人物，大抵倘不是带着横暴冥顽的气味，甚而至于流氓模样的，过度的恶作剧的顽童，就是钩头耸背，低眉顺眼，一副死板板的脸相的所谓"好孩子"。这虽然由于画家本领的欠缺，但也是取儿童为范本的，而从此又以作供给儿童仿效的范本。（《上海的儿童》，《南腔北调集》，《全集4》P565）

但宋明的末代皇帝，带着没落的阔人，和暮气一同滔滔的逃到杭州来，却是事实，苟延残喘，要大家有刚决的气魄，难不难。到现在，西子湖边还多是摇摇摆摆的雅人；连流氓也少有浙东似的"白刀子进红刀子出"的打架。自然,倘有军阀做着后盾,那是也会格外的撒泼的,不过当时实在并无敢于杀人的风气,也没有乐于杀人的人们。我们只要看举了老成持重的汤蛰仙[3]先生做都督,就可以知道是不会流血的了。(《谣言世家》,《南腔北调集》,《全集4》P594)

杨杏佛一死,别人也不会突然怕热起来的。听说青岛也是好地方,但这是梁实秋教授传道的圣境,我连遥望一下的眼福也没有过。"道"先生有道,代我设想的恐怖,其实是不确的。否则,一群流氓,几枝手枪,真可以治国平天下了。(《〈伪自由书〉后记》,《全集5》P162)

此地书店,旋生旋灭,大抵是投机的居多。去年用"无产阶级"做招牌,今年也许要用"女作家"做招牌了,所登广告,简直像香烟广告一样。现在需要肯切实出书,不欺读者的书店。我想,未名社本可以好好地干一下——信用也好——但连印书的款也缺,却令人束手。所以这里的有些书店老板而兼作家者,敛钱方法直同流氓,不遇见真会不相信……(《致李霁野/1929年7月8日》,《全集11》P676)

上海秽区,千奇百怪,译者作者,往往为书贾所诳,除非你也是流氓。加以战争及经济关系,书业也颇凋零,故译著者并蒙影响。预定译本，成后收受，现已无此种地方，即有亦不可靠。我因经验，与书坊交涉，有时用律师或合同，然仍不可靠也。（《致李秉中/1930年9月3日》，《全集12》P21）

同样内容的书，或被禁，或不被禁，并非因了是否删去主要部分，内容如何，官僚是不知道的。其主要原因，全在出版者之与官场有无联络，而最稳当则为出版者是流氓，他们总有法子想。（《致曹靖华/1933年12月20日》，《全集12》P298）

光华[4]忽用算盘，忽用苦求，也就是忽讲买卖，忽讲友情，只要有利于己的，什么方法都肯用，这正是流氓行为的模范标本。（《致徐懋庸/1934年8月3日》，《全集12》P500）

上海真是流氓世界，我的收入，几乎被不知道什么人的选本和翻板剥削完了。然而什么法子也没有。（《致曹靖华/1936年3月24日》，《全集13》P336）

阿Q的像，在我的心目中流氓气还要少一点，在我们那里有这么凶相的人物，就可以吃闲饭，不必给人家做工了，赵太爷可如此。（《致刘岘》，《全集13》P679）

[1]　《九尾龟》：张春帆作，一部描写妓女生活的小说，1910 年出版。

[2]　克鲁巴金：通译克鲁泡特金（ПётрАлексее ЬичКропоткин,1842—1921），俄国无政府主义者，地理学家。著有《近代科学和无政府主义》《面包掠取》《冰河期之研究》等。

[3]　汤蛰仙（1856—1917）：即汤寿潜，浙江绍兴人。清末进士，武昌起义后，被推举为浙江省都督。

[4]　光华：光华书局。

论青年

青年们先可以将中国变成一个有声的中国。大胆地说话，勇敢地进行，忘掉了一切利害，推开了古人，将自己的真心的话发表出来。（《无声的中国》，《三闲集》，《全集4》P15）

……我时常害怕，愿中国青年都摆脱冷气，只是向上走，不必听自暴自弃者流的话。能做事的做事，能发声的发声。有一分热，发一分光，就令萤火一般，也可以在黑暗里发一点光，不必等候炬火。

此后如竟没有炬火：我便是唯一的光。倘若有了炬火，出了太阳，我们自然心悦诚服的消失，不但毫无不平，而且还要随喜赞美这炬火或太阳；因为他照了人类，连我都在内。（《随感录·四十一》，《热风》，《全集1》P325）

要前进的青年们大抵想寻求一个导师。然而我敢说：他们

将永远寻不到。（《导师》，《华盖集》，《全集3》P55）

青年又何须寻那挂着金字招牌的导师呢？不如寻朋友，联合起来，同向着似乎可以生存的方向走。你们所多的是生力，遇见深林，可以辟成平地的，遇见旷野，可以栽种树木的，遇见沙漠，可以开掘井泉的。问什么荆棘塞途的老路，寻什么乌烟瘴气的鸟导师！（《导师》，《华盖集》，《全集3》P56）

中国的青年不要高帽皮袍，装腔作势的导师；要并无伪饰，——倘没有，也得少有伪饰的导师。倘有戴着假面，以导师自居的，就得叫他除下来，否则，便将它撕下来，互相撕下来。撕得鲜血淋漓，臭架子打得粉碎，然后可以谈后话。（《我还不能"带住"》，《华盖集续编》，《全集3》P243）

我现在对于做文章的青年，实在有些失望，我看有希望的青年，恐怕大抵打仗去了，至于弄弄笔墨的，却还未遇着真有几分为社会的，他们多是挂新招牌的利己主义者。而他们竟自以为比我新一二十年，我真觉得他们无自知之明，这也就是他们之所以"小"的地方。（《两地书·八五》，《全集11》P226）

以中国人一般的脾气而论，失败之后的著作，是没有人看的，他们见可役使则尽量地役使，见可笑骂则尽量地笑骂，

虽一向怎样常常往来，也即刻翻脸不识，看和我往来最久的少爷们的举动，便可推知。（《两地书·九三》，《全集11》P242）

假使我真有指导青年的本领——无论指导得错不错——我决不藏匿起来，但可惜连我自己也没有指南针，到现在还是乱闯。倘若闯入深渊，自己有自己负责，领着别人又怎么好呢？我之怕上讲台讲空话者就为此。记得有一种小说[1]里攻击牧师，说有一个乡下女人，向牧师沥诉困苦的半生，请他救助，牧师听毕答道："忍着罢，上帝使你在生前受苦，死后定当赐福的。"其实古今的圣贤以及哲人学者之所说，何尝能比这高明些。他们之所谓"将来"，不就是牧师之所谓"死后"么。我所知道的话就全是这样，我不相信，但自己也并无更好的解释。（《两地书·二》，《全集11》P14）

中国事其实早在意中，热心人或杀或囚，早替他们收拾了，和宋明之末极像。但我以为哭是无益的，只好仍是有一分力，尽一分力，不必一时特别愤激，事后却又悠悠然。我看中国青年，大都有愤激一时的缺点，其实现在秉政的，就都是昔日所谓革命的青年也。（《致曹靖华/1935年6月24日》，《全集13》P155）

应邀观"易俗社"剧，并亲笔题写"古调独弹"，制成匾额，与同去讲学者联名赠"易俗社"。

李霁野译俄国安德烈夫的《往星中》，鲁迅编入
《未名丛刊》之一。

鲁迅帮助青年编选、校订、出版的部分译著。高长虹的《心的探险》由鲁迅编选并制作封面。鲁迅说："我这几年来，常想给别人出一点力，所以在北京时，拼命地做，忘记吃饭，减少睡眠，吃了药来编辑、校对、作文。"

青年两字，是不能包括一类人的，好的有，坏的也有。但我觉得虽是青年，稚气和不安定的并不多，我所遇见的倒十之七八是少年老成的，城府也深，我大抵不和这种人来往。（《致萧军、萧红／1934年11月12日》，《全集12》P563）

所以我想，在青年，须是有不平而不悲观，常抗战而亦自卫，倘荆棘非践不可，固然不得不践，但若无须必践，即不必随便去践，这就是我之所以主张"壕堑战"的原因……（《两地书·四》，《全集11》P21）

……大小无数的人肉的筵宴，即从有文明以来一直排到现在，人们就在这会场中吃人，被吃，以凶人的愚妄的欢呼，将悲惨的弱者的呼号遮掩，更不消说女人和小儿。

这人肉的筵宴现在还排着，有许多人还想一直排下去。扫荡这些食人者，掀掉这筵席，毁坏这厨房，则是现在的青年的使命！（《灯下漫笔》，《坟》，《全集1》P217）

注　释

[1]　有一种小说：指波兰作家显克微支的中篇小说《炭画》。

书报审查制度

第一步要努力争取言论的自由。（《答中学生杂志社问》，《二心集》，《全集4》P363）

做梦，是自由的，说梦，就不自由。做梦，是做真梦的，说梦，就难免说谎。（《听说梦》，《南腔北调集》，《全集4》P467）

政府似有允许言论自由之类的话，但这是新的圈套，不可不更加小心。（《致增田涉/1932年1月5日》，《全集13》P470）

猛兽是单独的，牛羊则结队；野牛的大队，就会排角成城以御强敌了，但拉开一匹，定只能牟牟地叫。人民与牛马同流，——此就中国而言，夷人别有分类法云，——治之之道，自然应该禁止集合：这方法是对的。其次要防说话。人能说

话，已经是祸胎了，而况有时还要做文章。（《春末闲谈》，《坟》，《全集1》P205）

总之。社会不改良，"收起来"便无用，以"收起来"为改良社会的手段，是坐了津浦车往奉天。这道理很浅显：壁虽坚固，也会冲倒的。（《坚壁清野主义》，《坟》，《全集1》P258）

北平[1]原是帝都，只要有权者一提倡"惰气"，一切就很容易趋于"无聊"的，盖不独报纸为然也。这里也一样。但出版界也真难，别国的检查是删去，这里却是给作者改文章。那些人物，原是做不成作家，这才改行做官的，现在他却来改文章了，你想被改者冤枉不冤枉。所以我现在的办法是倘被改动，就索性不发表。（《致姚克/1934年8月31日》，《全集12》P511）

有救人之英雄，亦有杀人之英雄，世上通例，但有作文之文学家，而又有禁人作文之"文学家"，则似中国所独有也。（《致郑振铎/1935年1月9日》，《全集13》P14）

他们的嘴就是法律，无理可说。所以凡是较进步的期刊，较有骨气的编辑，都非常困苦。今年恐怕要更坏，一切刊物，除胡说八道的官办东西和帮闲凑趣的"文学"杂志而外，较好[的] 都要压迫得奄奄无生气的。（《致曹靖华/1935年1月6日》，《全集13》P9）

禁止，则禁止耳，但此辈竟连这一点骨气也没有，事实上还是删改，而自己竟不肯负删改的责任，要算是作者或编辑改的。（《致杨霁云/1935年2月4日》，《全集13》P43）

现行文学暗杀政策，几无迹象可寻，实是今胜于古，惜叭儿多不称职，致大闹笑话耳。（《致杨霁云/1935年2月10日》，《全集13》P56）

官们对于文学社的感情坏，这是故意留难的。在那里面的都是坏种或低能儿，他们除任意催[摧] 残外，一无所能，其实文章也看不懂。（《致萧军、萧红/1935年3月1日》，《全集13》P71）

国事至此，始云"保障正当舆论"，"正当"二字，加得真真聪明，但即使真给保障，这代价可谓大极了。（《致杨霁云/1935年12月19日》，《全集13》P270）

……对出版的压迫实在厉害，而且没有定规，一切悉听检查官的尊意，乱七八糟，简直无法忍受。在中国靠笔来生活颇不容易。（《致山本初枝/1935年1月4日》，《全集13》P610）

今年设立的书报检查处，很有些"文学家"在那里面做官，他们虽然不会做文章，却会禁文章，真禁得什么话也不能说。（《致刘炜明/1934年12月31日》，《全集12》P629）

检查官吏们公开的说，他们只看内容，不问作者是谁，即不和个人为难的意思。有些出版家知道了这话，以为"公平"真是出现了，就要我用旧名子[字] 做文章，推也推不掉。其实他们是阴谋，遇见我的文章，就删削一通，使你不成样子，印出去时，读者不知底细，以为我发了昏了。（《致萧军、萧红/1934年12月26日》，《全集12》P621）

其实，私拆函件，本是中国的惯技，我也早料到的。但是这类技俩，也不过心劳日拙而已。（《两地书·二六》，《全集11》P82）

且现在法律任意出入，虽文学史，亦难免不触犯反革命第X条也。（《致李小峰/1931年6月26日》，《全集12》P44）

自从去年六月以来，对出版物的压迫步步加紧，出版社大感困难。对于新的青年作家的作品，压迫特别厉害，常常把有关紧要之处全部删除，只留下空壳。在日本研究"中国文学"，倘对此种情形没有仔细了解，就不免很隔膜了。就是说，我们都是带着锁链在跳舞的。（《致增田涉/1935年4月9日》，《全集13》P628）

因为官老爷痛恨我的一切，只看名字，不管内容，登载我的文字，我既为了顾全出版物的推行，句句小心，而结果仍于推销有碍，真是不值得。（《致唐英伟/1936年3月23日》，《全集13》P335）

最近我的一切作品，不问新旧全被秘密禁止，在邮局里没收了。好像打算把我全家饿死。如人口再繁殖，就更危险了。（《致增田涉/1933年11月13日》，《全集13》P544）

《集外集》止抽去十篇，诚为"天恩高厚"，但旧诗如此明白，却一首也不删，则终不免"呆鸟"之讥。（《致杨霁云/1935年2月4日》，《全集13》P42）

五四时代比明末近，我又不能做四平八稳，"今天天气，哈哈哈"到一万多字的文章，而且真也和群官的意见不能相同，那时想来就必要发生纠葛。……检查官们虽宣言不论作者，只看内容，但这种心口如一的君子，恐不常有，即有，亦必不在检查官之中，他们要开一点玩笑是极容易的，我不想来中他们的诡计，我仍然要用硬功对付他们。（《致赵家璧/1934年12月25日》，《全集12》P628）

98

注　释

[1]　北平：即北京。1928 年改为北平，1949 年 10 月 1 日中华人民共和国成立后改称北京至今。

传统与改革

政府及其鹰犬，把我们封锁起来，几与社会隔绝。（《致山本初枝/1932年11月7日》，《全集13》P503）

中国的文化，便是怎样的爱国者，恐怕也大概不能不承认是有些落后。新的事物，都是从外面侵入的。（《现今的新文学的概观》，《三闲集》，《全集4》P133）

……无问题，无缺陷，无不平，也就无解决，无改革，无反抗。（《论睁了眼看》，《坟》，《全集1》P238）

外之既不后于世界之思潮，内之仍弗失固有之血脉，取今复古，别立新宗，人生意义，致之深邃，则国人之自觉至，个性张，沙聚之邦，由是转为人国。人国既建，乃始雄厉无前，屹然独见于天下，……（《文化偏至论》，《坟》，《全集1》P56）

……其首在立人，人立而后凡事举；若其道术，乃必尊个性而张精神。（《文化偏至论》，《坟》，《全集1》P57）

……要自己和别人，都纯洁聪明勇猛向上。要除去虚伪的脸谱。要除去世上害己害人的昏迷和强暴。……要除去于人生毫无意义的苦痛。要除去制造并赏玩别人苦痛的昏迷和强暴。

……要人类都受正当的幸福。（《我之节烈观》，《坟》，《全集1》P125）

可惜中国太难改变了，即使搬动一张桌子，改装一个火炉，几乎也要血；而且即使有了血，也未必一定能搬动，能改装。不是很大的鞭子打在背上，中国自己是不肯动弹的。（《娜拉走后怎样》，《坟》，《全集1》P164）

其实，由我看来，所谓"洋气"之中，有不少是优点，也是中国人性质中所本有的，但因了历朝的压抑，已经萎缩了下去，现在就连自己也莫名其妙，统统送给洋人了。这是必须拿它回来——恢复过来的——自然还得加一番慎重的选择。

即使并非中国所固有的罢，只要是优点，我们也应该学习。即使那老师是我们的仇敌罢，我们也应该向他学习。（《从孩子的照相说起》，《且介亭杂文》，《全集6》P82）

瓦砾场上还不足悲，在瓦砾场上修补老例是可悲的。我们要革新的破坏者，因为他内心有理想的光。我们应该知道他和寇盗奴才的分别；应该留心自己堕入后两种。这区别并不烦难，只要观人，省己，凡言动中，思想中，含有借此据为己有的朕兆者是寇盗，含有借此占些目前的小便宜的朕兆者是奴才，无论在前面打着的是怎样鲜明好看的旗子。（《再论雷峰塔的倒掉》，《坟》，《全集1》P194）

101

或者要疑我上文所言，会激起新旧，或什么两派之争，使恶感更深，或相持更烈罢。但我敢断言，反改革者对于改革者的毒害，向来就并未放松过，手段的厉害也已经无以复加了。只有改革者却还在睡梦里，总是吃亏，因而中国也总是没有改革，自此以后，是应该改换些态度和方法的。（《论"费厄泼赖"应该缓行》，《坟》，《全集1》p277）

保存我们，的确是第一义。只要问他有无保存我们的力量，不管他是否国粹[1]。（《随感录·三十五》，《热风》，《全集1》P306）

民族根性造成之后，无论好坏，改变都不容易的。（《随感录·三十八》，《热风》，《全集1》P313）

做了人类想成仙；生在地上要上天；明明是现代人，吸着现在的空气，却偏要勒派朽腐的名教，僵死的语言，侮蔑尽现在，这都是"现在的屠杀者"。杀了"现在"，也便杀了"将来"。——将来是子孙的时代。（《随感录·五十七》，《热风》，《全集1》P350）

勇者愤怒，抽刃向更强者；怯者愤怒，却抽刃向更弱者。不可救药的民族中，一定有许多英雄，专向孩子们瞪眼。（《杂感》，《华盖集》，《全集3》P49）

古国的灭亡，就因为大部分的组织被太多的古习惯教养得硬化了，不再能够转移，来适应新环境。若干分子又被太多的坏经验教养得聪明了，于是变性，知道在硬化的社会里，不妨妄行。（《十四年的"读经"》，《华盖集》，《全集3》P130）

总之：读史，就愈可以觉悟中国改革之不可缓了。虽是国民性，要改革也得改革，否则，杂史杂说上所写的就是前车。一改革，就无须怕孙女儿总要像点祖母那些事，譬如祖母的脚是三角形，步履维艰的，小姑娘的却是天足，能飞跑；丈母老太太出过天花，脸上有些缺点的，令夫人却种的是牛痘，所以

细皮白肉：这也就大差其远了。（《这个与那个》，《华盖集》，《全集3》P139）

人类的血战前行的历史，正如煤的形成，当时用大量的木材，结果却只是一小块，但请愿是不在其中的，更何况是徒手。（《记念刘和珍君》，《华盖集续编》，《全集3》P277）

改革自然常不免于流血，但流血非即等于改革。血的应用，正如金钱一般，吝啬固然是不行的，浪费也大大的失算。（《空谈》，《华盖集续编》，《全集3》P281）

中国人的性情是总喜欢调和，折中的。譬如你说，这屋子太暗，须在这里开一个窗，大家一定不允许的。但如果你主张拆掉屋顶，他们就会来调和，愿意开窗了。没有更激烈的主张，他们总连平和的改革也不肯行。（《无声的中国》，《三闲集》，《全集4》P13）

旧的和新的，往往有极其相同之点——如：个人主义者和社会主义者往往都反对资产阶级，保守者和改革者往往都主张为人生的艺术，都讳言黑暗，棒喝主义者[2]和共产主义者都厌恶人道主义等……（《我的态度气量和年纪》，《三闲集》，《全集4》P111）

去年偶然看见了几篇梅林格（Franz Mehring）[3]的论文，大意说，在坏了下去的旧社会里，倘有人怀一点不同的意见，有一点携贰的心思，是一定要大吃其苦的。而攻击陷害得最凶的，则是这人的同阶级的人物。他们以为这是最可恶的叛逆，比异阶级的奴隶造反还可恶，所以一定要除掉他。我才知道中外古今，无不如此，……（《序言》，《二心集》，《全集4》P191）

体质和精神都已硬化了的人民，对于极小的一点改革，也无不加以阻挠，表面上好像恐怕于自己不便，其实是恐怕于自己不利，但所设的口实，却往往见得极其公正而且堂皇。（《习惯与改革》，《二心集》，《全集4》P223）

改革一两，反动十斤，……（《习惯与改革》，《二心集》，《全集4》P224）

倘不深入民众的大层中，于他们的风俗习惯，加以研究，解剖，分别好坏，立存废的标准，而于存于废，都慎选施行的方法，则无论怎样的改革，都将为习惯的岩石所压碎，或者只在表面上浮游一些时。（《习惯与改革》，《二心集》，《全集4》P224）

现在已不是在书斋中，捧书本高谈宗教，法律，文艺，美术……等等的时候了，即使要谈论这些，也必须先知道习惯和风俗，而且有正视这些的黑暗面的勇猛和毅力。因为倘不看清，就无从改革。仅大叫未来的光明，其实是欺骗怠慢的自己和怠慢的听众的。（《习惯与改革》，《二心集》，《全集4》P224）

对于旧社会和旧势力的斗争，必须坚决，持久不断，而且注重实力。旧社会的根柢原是非常坚固的，新运动非有更大的力不能动摇它什么。并且旧社会还有它使新势力妥协的好办法，但它自己是决不妥协的。在中国也有过许多新的运动了，却每次都是新的敌不过旧的，那原因大抵是在新的一面没有坚决的广大的目的，要求很小，容易满足。（《对于左翼作家联盟的意见》，《二心集》，《全集4》P235）

用秕谷来养青年，是决不会壮大的，将来的成就，且要更渺小，那模样，可看尼采所描写的"末人"。（《由聋而哑》，《准风月谈》，《全集5》P278）

甘为泥土的作者和译者的奋斗，是已经到了万不可缓的时候了，这就是竭力运输些切实的精神的粮食，放在青年们的周

围，一面将那些聋哑的制造者送回黑洞和朱门里面去。（《由聋而哑》，《准风月谈》，《全集5》P278）

我是主张青年也可以看看"帝国主义者"的作品的，这就是古语的所谓"知己知彼"。青年为了要看虎狼，赤手空拳的跑到深山里去固然是呆子，但因为虎狼可怕，连用铁栅围起来了的动物园里也不敢去，却也不能不说是一位可笑的愚人。（《关于翻译（上）》，《准风月谈》，《全集5》P296）

……我们要运用脑髓，放出眼光，自己来拿！（《拿来主义》，《且介亭杂文》，《全集6》P39）

总之，我们要拿来。我们要或使用，或存放，或毁灭。那么，主人是新主人，宅子也就会成为新宅子。然而首先要这人沉着，勇猛，有辨别，不自私。没有拿来的，人不能自成为新人，没有拿来的，文艺不能自成为新文艺。（《拿来主义》，《且介亭杂文》，《全集6》P40）

艺术的前进，还要别的文化工作的协助，某一文化部门，要某一专家唱独脚戏来提得特别高，是不妨空谈，却难做到的事，所以专责个人，那立论的偏颇和偏重环境的是一样的。（《论"旧形式的采用"》，《且介亭杂文》，《全集6》P24）

……即使艰难，也还要做；愈艰难，就愈要做。改革，是向来没有一帆风顺的，冷笑家的赞成，是在见了成效之后，……（《中国语文的新生》，《且介亭杂文》，《全集6》P115）

维持现状说是任何时候都有的，赞成者也不会少，然而在任何时候都没有效，因为在实际上决定做不到。假使古时候用此法，就没有今之现状，今用此法，也就没有将来的现状，直至辽远的将来，一切都和太古无异。（《从"别字"说开去》，《且介亭杂文二集》，《全集6》P283）

文化的改革如长江大河的流行，无法遏止，假使能够遏止，那就成为死水，纵不干涸，也必腐败的。当然，在流行时，倘无弊害，岂不更是非常之好？然而在实际上，却断没有这样的事。回复故道的事是没有的，一定有迁移；维持现状的事也是没有的，一定有改变。有百利而无一弊的事也是没有的，只可权大小。（《从"别字"说开去》，《且介亭杂文二集》，《全集6》P283）

从古讫今，什么都在改变，但必须在不声不响中，倘一道破，就一定有窒碍，维持现状说来了，复古说也来了。这些说头自然也无效。但一时不失其为一种窒碍却也是真的，它能够使一

部分的有志于改革者迟疑一下子，从招潮者变为乘潮者。（《从"别字"说开去》，《且介亭杂文二集》，《全集6》P283）

改造自己，总比禁止别人来得难。（《论毛笔之类》，《且介亭杂文二集》，《全集6》P394）

易举和难行是改革者的两人派。同是不满于现状，但打破现状的手段却大不同：一是革新，一是复古。同是革新，那手段也大不同：一是难行，一是易举。这两者有斗争。难行者的好幌子，一定是完全和精密，借此来阻碍易举者的进行，然而它本身，却因为是虚悬的计划，结果总并无成就：就是不行。（《论新文字（六至九）》，《且介亭杂文二集》，《全集6》P443）

有些改革者，是极爱谈改革的，但真的改革到了身边，却使他恐惧。惟有大谈难行的改革，这才可以阻止易举的改革的到来，就是竭力维持着现状，一面大谈其改革，算是在做他那完全的改革的事业。这和主张在床上学会了浮水，然后再去游泳的方法，其实是一样的。（《论新文字（六至九）》，《且介亭杂文二集》，《全集6》P443）

说到中国的改革，第一著自然是埽荡废物，以造成一个使新生命得能诞生的机运。五四运动，本也是这机运的开端罢，可惜来摧折它的很不少。那事后的批评，本国人大抵不冷不热地，或者胡乱地说一通，外国人当初倒颇以为有意义，然而也有攻击的，据云是不顾及国民性和历史，所以无价值。这和中国多数的胡说大致相同，因为他们自身都不是改革者。岂不是改革么？历史是过去的陈迹，国民性可改造于将来，在改革者的眼里，以往和目前的东西是全等于无物的。（《〈出了象牙之塔〉后记》，《全集10》P244）

世界上改革者的动机，大抵就是这对于时代环境的不满的缘故。（《两地书·六》，《全集11》P26）

钟先生[4]也还是脱不了旧思想，他以为丑，他就想遮盖住，殊不知外面遮上了，里面依然还在腐烂，倒不如不论好歹，一齐揭开来，大家看看好。往时布袋和尚带着一个大口袋，装着另碎东西，一遇见人，便都倒在地上道，"看看，看看"。这举动虽然难免有些发疯的嫌疑，然而在现在却是大可师法的办法。（《致孙伏园/1923年6月12日》，《全集11》P417）

近来所谓新思潮者，在外国已是普遍之理，一入中国，便大吓人；提倡者思想不彻底，言行不一致，故每每发生流弊，而新思潮之本身，固不任其咎也。

要之，中国一切旧物，无论如何，定必崩溃；倘能采用新说，助其变迁，则改革较有秩序，其祸必不如天然崩溃之烈。而社会守旧，新党又行不顾言，一盘散沙，无法粘连，将来除无可收拾外，殆无他道也。（《致宋崇义/1920年5月4日》，《全集11》P369）

那些维持现状的先生们，貌似平和，实乃进步的大害。最可笑的是他们对于已经错定的，无可如何，毫无改革之意，只在防患未然，不许"新错"，而又保护"旧错"，这岂不可笑。

老先生们保存现状，连在黑屋子开一个窗也不肯，还有种种不可开的理由，但倘有人要来连屋顶也掀掉它，他这才魂飞魄散，设法调解，折中之后，许开一个窗，但总在司见机想把它塞起来。（《致曹聚仁/1935年4月10日》，《全集13》P107）

大概，人必须从此有记性，观四向而听八方，将先前一切自欺欺人的希望之谈全都扫除，将无论是谁的自欺欺人的假面全都撕掉，将无论是谁的自欺欺人的手段全都排斥，总而言之，就是将华夏传统的所有小巧的玩艺儿全都放掉，倒去屈尊学学枪击我们的洋鬼子，这才可望有新的希望的萌芽。（《忽然想到》，《华盖集》，《全集3》P96）

注　释

[1]　国粹：中国文化中的精华。五四时期，有人打着维护"国粹"的幌子，反对白话文及其他现代观念和事物，反对改革。原意含有保守复旧或是盲目崇拜的意味。

[2]　棒喝主义者：即法西斯主义者。

[3]　梅林格（1846—1919）：通译为梅林，德国马克思主义者，历史学家和文艺理论家。著有《德国社会民主党史》《马克思传》《莱辛传说》等。

[4]　钟先生：在鲁迅的学生孙伏园编辑的《晨报》副刊上刊载张竞生所作《爱情的定则与陈淑君女士事的研究》一文，并为此辟出"爱情定则讨论"专栏。其中，发表钟孟公来信，认为这次讨论"除了足为中国人没有讨论的资格的佐证之外，毫无别的价值"，因此应定出期限，至期截止，以免"青年出丑"。

论革命

所谓革命，那不安于现在，不满意于现状的都是。（《文艺与政治的歧途》，《集外集》，《全集7》P118）

其实"革命"是并不稀奇的，惟其有了它，社会才会改革，人类才会进步，能从原虫到人类，从野蛮到文明，就因为没有一刻不在革命。（《革命时代的文学》，《而已集》，《全集3》P418）

据我的意思，中国倘不革命，阿Q便不做，既然革命，就会做的。我的阿Q的运命，也只能如此，人格也恐怕并不是两个。民国元年已经过去，无可追踪了，但此后倘再有改革，我相信还会有阿Q似的革命党出现。（《〈阿Q正传〉的成因》，《华盖集续编》，《全集3》P379）

世界的进步，当然大抵是从流血得来。但这和血的数量，

1925年，上海发生震惊中外的五卅惨案。1926
年，鲁迅为北京师范大学编印的《五卅惨案周
年纪念册》题写封面。

北京各界追悼"三一八"死难烈士大会会场

是没有关系的，因为世上也尽有流血很多，而民族反而渐就灭亡的先例。（《"死地"》，《华盖集续编》，《全集3》P267）

会觉得死尸的沉重，不愿抱持的民族里，先烈的"死"是后人的"生"的唯一的灵药，但倘在不再觉得沉重的民族里，却不过是压得一同沦灭的东西。（《"死地"》，《华盖集续编》，《全集3》P267）

不论中外，诚然都有偶像。但外国是破坏偶像的人多；那影响所及，便成功了宗教改革[1]，法国革命[2]。旧像愈摧破，人类便愈进步；所以现在才有比利时的义战，与人道的光明。那达尔文[3]易卜生[4]托尔斯泰[5]尼采[6]诸人，便都是近来偶像破坏的大人物。（《随感录·四十六》，《热风》，《全集1》P332）

无破坏即无新建设，大致是的；但有破坏却未必即有新建设。（《再论雷峰塔的倒掉》，《坟》，《全集1》P192）

……许有若干人要沉默，沉默而苦痛，然而新的生命就会在这苦痛的沉默里萌芽。（《忽然想到》，《华盖集》，《全集3》P95）

墨写的谎说，决掩不住血写的事实。

血债必须用同物偿还。拖欠得愈久，就要付更大的利息！（《无花的蔷薇之二》，《华盖集续编》，《全集3》P263）

血不但不掩于墨写的谎语，不醉于墨写的挽歌；威力也压它不住，因为它已经骗不过，打不死了。（《无花的蔷薇之二》，《华盖集续编》，《全集3》P264）

不在沉默中爆发，就在沉默中灭亡。（《记念刘和珍君》，《华盖集续编》，《全集3》P275）

血沃中原肥劲草，寒凝大地发春华。（《无题》，《集外集拾遗》，《全集7》P431）

……革命者决不怕批判自己，他知道得很清楚，他们敢于明言。（《"醉眼"中的朦胧》，《三闲集》，《全集4》P62）

革命被头挂退的事是很少有的，革命的完结，大概只由于投机者的潜入。也就是内里蛀空。这并非指赤化，任何主义的革命都如此。（《铲共大观》，《三闲集》，《全集4》P106）

倘说，凡大队的革命军，必须一切战士的意识，都十分正确，分明，这才是真的革命军，否则不值一哂。这言论，初看固然是很正当，彻底似的，然而这是不可能的难题，是空洞的高谈，是毒害革命的甜药。（《非革命的急进革命论者》，《二心集》，《全集4》P226）

因为终极目的的不同，在行进时，也时时有人退伍，有人落荒，有人颓唐，有人叛变，然而只要无碍于进行，则愈到后来，这队伍也就愈成为纯粹，精锐的队伍了。（《非革命的急进革命论者》，《二心集》，《全集4》P226）

革命是痛苦，其中也必然混有污秽和血，决不是如诗人所想像的那般有趣，那般完美；革命尤其是现实的事，需要各种卑贱的，麻烦的工作，决不如诗人所想像的那般浪漫；革命当然有破坏，然而更需要建设，破坏是痛快的，但建设却是麻烦的事。（《对于左翼作家联盟的意见》，《二心集》，《全集4》P233）

革命有血，有污秽，但有婴孩。这"溃灭"正是新生之前的一滴血，是实际战斗者献给现代人们的大教训。虽然有冷淡，有动摇，甚至于因为依赖，因为本能，而大家还是向目的前进，即使前途终于是"死亡"，但这"死"究竟已经失了个人底的意义，和大众相融合了。所以只要有新生的婴孩，"溃

灭"便是"新生"的一部分。（《〈溃灭〉第二部一至三章译者附记》，《译文序跋集》，《全集10》P336）

大同的世界，怕一时未必到来，即使到来，像中国现在似的民族，也一定在大同的门外。所以我想，无论如何，总要改革才好。但改革最快的还是火与剑，……（《两地书·一〇》，《全集11》P39）

无产者的革命，乃是为了自己的解放和消灭阶级，并非因为要杀人，……（《辱骂和恐吓决不是战斗》，《南腔北调集》，《全集4》P452）

其实革命是并非教人死而是教人活的。（《上海文艺之一瞥》，《二心集》，《全集4》P297）

……这是政府允许的，不是因压迫而反抗的，也不过是奉旨革命。（《革命时代的文学》，《而已集》，《全集3》P421）

革命无止境，倘使世上真有什么"止于至善"，这人间世便同时变了凝固的东西了。（《黄花节的杂感》，《而已集》，《全集3》P410）

[1]　宗教改革：十六世纪前后，由德国的马丁·路德发起的，随后遍及欧洲各国的反对天主教贪污、腐败的改革运动，也称宗教革命。

[2]　法国革命：1789—1794 年法国推翻封建专制制度、确立现代民主制度的革命。1789 年 7 月 14 日，巴黎人民起义，攻占巴士底狱，揭开革命序幕。8 月 26 日，通过《人权宣言》。1792 年 8 月 16 日，巴黎人民第二次起义，逮捕国王路易十六，9 月宣布成立法兰西共和国。1793 年 5 月 31 日举行第三次起义，建立以罗伯斯庇尔为首的雅各宾专政，颁布新宪法，废除封建所有制，后来被推翻，为热月党人的统治所代替。

[3]　达尔文（Char les Robevt Darwin,1809—1882）：英国博物学家，进化论学说的创始人。1859 年出版《物种起源》一书，提出以自然选择为基础的进化学说，震动了整个学术界，成为生物学史上的一个转折点。随后，又发表《动物和植物在家养下的变异》《人类起源及性的选择》等书，进一步充实了进化论的内容。

[4]　易卜生（Henrik Johan Ibsen,1828—1906）：挪威戏剧家。著名剧作有《社会支柱》《玩偶之家》《群鬼》《人民公敌》及《培尔·金特》等。他是欧洲现代社会问题剧的创始人，这些富于暴露性和挑战性的作品，曾经产生重大的社会影响。

[5]　托尔斯泰（лeB НиколаeВич ТолсТой，1828—1910）：俄国作家。主要著作有小说《战争与和平》《安娜·卡列尼娜》《复活》等。鲁迅在文章中多次论及托尔斯泰及其作品，充分肯定他的人道主义思想。孙伏园曾以"托尼学说，魏晋文章"八字概括鲁迅，托即托尔斯泰。

[6]　尼采（Friedrich Nietzshe,1844—1900）:德国哲学家。唯意志论者，主要著作有《查拉图斯特拉如是说》《强力意志》《道德的谱系》《善恶的彼岸》《悲剧的诞生》等。提出超人哲学，强调强力意志，宣扬重估一切价值。他的思想，曾一度在知识界广为流行，但也为德国法西斯独裁政权所利用。在我国五四时期，尼采和易卜生都是热门人物。

论斗争

世上如果还有真要活下去的人们，就先该敢说，敢笑，敢哭，敢怒，敢骂，敢打，在这可诅咒的地方击退了可诅咒的时代！（《忽然想到》，《华盖集》，《全集3》P43）

仗自然是要打的，要打掉制造打仗机器的蚁冢，打掉毒害小儿的药饵，打掉陷没将来的阴谋：这才是人的战士的任务。（《新秋杂识》，《准风月谈》，《全集5》P270）

战斗不算好事情，我们也不能责成人人都是战士，那么，平和的方法也就可贵了，……（《娜拉走后怎样》，《坟》，《全集1》P161）

我总觉得复仇是不足为奇的，虽然也并不想诬无抵抗主义者为无人格。但有时也想：报复，谁来裁判，怎能公平呢？便又立刻自答：自己裁判，自己执行；既没有上帝来主持，人便不妨以目偿头，也不妨以头偿目。有时也觉得宽恕是美德，但立刻也疑心这话是怯汉所发明，因为他没有报复的勇气；或者倒是卑怯的坏人所创造，因为他贻害于人而怕人来报复，便骗以宽恕的美名。（《杂忆》，《坟》，《全集1》P223）

总之，倘是咬人之狗，我觉得都在可打之列，无论它在岸上或在水中。（《论"费厄泼赖"应该缓行》，《坟》，《全集1》P271）

狗性总不大会改变的，假使一万年之后，或者也许要和现在不同，但我现在要说的是现在。如果以为落水之后，十分可怜，则害人的动物，可怜者正多，便是霍乱病菌，虽然生殖得快，那性格却何等地老实。然而医生是决不肯放过它的。（《论"费厄泼赖"应该缓行》，《坟》，《全集1》P272）

但倘是一个战斗者，我以为，在了解革命和敌人上，倒是必须更多的去解剖当面的敌人的。（《上海文艺之一瞥》，《二心集》，《全集4》P301）

漫骂固然冤屈了许多好人，但含含胡胡的扑灭"漫骂"，却包庇了一切坏种。（《漫骂》，《花边文学》，《全集5》P431）

……一任鬼蜮的技俩随时消灭，也不能洞晓反鬼蜮者的人和文章。山林隐逸之作不必论，倘使这作者是身在人间，带些战斗性的，那么，他在社会上一定有敌对。（《"题未定"草（六至九）》，《且介亭杂文二集》，《全集6》P431）

123

首先应该扫荡的，倒是拉大旗作为虎皮，包着自己，去吓呼别人；小不如意，就倚势（！）定人罪名，而且重得可怕的横暴者。（《答徐懋庸并关于抗日统一战线问题》，《且介亭杂文末编》，《全集6》P537）

中国的邪鬼，是怕斩钉截铁，不能含胡的东西的。（《我的第一个师父》，《且介亭杂文末编》，《全集6》P576）

诚然，"无毒不丈夫"，形诸笔墨，却还不过是小毒。最高的轻蔑是无言，而且连眼珠也不转过去。（《半夏小集》，《且介亭杂文末编》，《全集6》P597）

正规的战法，也必须对手是英雄才适用。汉末总算还是人心很古的时候罢，恕我引一个小说上的典故：许褚[1]赤体上阵，也就很中了好几箭。而金圣叹[2]还笑他道："谁叫你赤膊！"（《空谈》，《华盖集续编》，《全集3》P281）

退步须两面退，倘我退一步而他进一步，就只好拔出拳头来。（《致韦素园/1926年12月5日》，《全集11》P512）

战斗当首先守住营垒，若专一冲锋，而反遭覆灭，乃无谋之勇，非真勇也。（《致榴花社/1933年6月20日》，《全集12》P188）

至于费去了许多牺牲，那是无可免的，但自然愈少愈好，我的一向主张"壕堑战"，就为此。（《致杨霁云/1934年6月3日》，《全集12》P445）

……我所采取的战术，是：散兵战，堑壕战，持久战——不过我是步兵，和你炮兵的法子也许不见得一致。（《致萧军/1935年10月4日》，《全集13》P226）

叭儿之类，是不足惧的，最可怕的确是口是心非的所谓"战友"，因为防不胜防。（《致杨霁云/1934年12月18日》，《全集12》P606）

但是，要战斗下去吗？当然，要战斗下去！无论它对面是什么。（《致萧军/1935年10月4日》，《全集13》P225）

[1]　许褚：三国时曹操部下名将。"赤膊上阵"的故事，见小说《三国演义》第五十九回《许褚裸衣斗马超》。

[2]　金圣叹（1608—1661）：名人瑞，江苏吴县人，明末清初文人，曾批改《水浒传》《西厢记》等书。

论宽容

假使此后光明和黑暗还不能作彻底的战斗，老实人误将纵恶当作宽容，一味姑息下去，则现在似的混沌状态，是可以无穷无尽的。（《论"费厄泼赖"应该缓行》，《坟》，《全集1》P276）

"犯而不校"[1]是恕道，"以眼还眼以牙还牙"[2]是直道。中国最多的却是枉道：不打落水狗，反被狗咬了。但是，这其实是老实人自己讨苦吃。（《论"费厄泼赖"应该缓行》，《坟》，《全集1》P273）

全然忘却，毫无怨恨，又有什么宽恕之可言呢？无怨的恕，说谎罢了。（《风筝》，《野草》，《全集2》P184）

人们到了失去余裕心，或不自觉地满抱了不留余地心时，这民族的将来恐怕就可虑。（《忽然想到》，《华盖集》，

《全集3》P16）

一道浊流，固然不如一杯清水的干净而澄明，但蒸溜了浊流的一部分，却就有许多杯净水在。（《由聋而哑》，《准风月谈》，《全集5》P278）

127

古今来无纯一不杂的君子群，于是凡有党社，必为自谓中立者所不满，就大体而言，是好人多还是坏人多，他就置之不论了。……苛求君子，宽纵小人，自以为明察秋毫，而实则反助小人张目。（《"题未定"草（六至九）》，《且介亭杂文二集》，《全集6》P434）

……以为倘要完全的书，天下可读的书怕要绝无，倘要完全的人，天下配活的人也就有限。每一本书，从每一个人看来，有是处，也有错处，在现今的时候是一定难免的。（《〈思想·山水·人物〉题记》，《译文序跋集》，《全集10》P273）

其实有一些人，即使并无大帮助，却并不怀着恶意，目前决不是敌人，倘若疾声厉色，拒人于千里之外，倒是我们的损失，也姑且不要太求全，因为求全责备，则有些人便远避了，坏一点的就来迎合，作违心之论，这样，就不但不会有好文

章，而且也是假朋友了。（《致王志之/1933年5月》，《全集12》P176）

前次惠函中曾提及天国[3]一事，其实我是讨厌天国的。中国的善人们我大抵都厌恶，倘将来朝夕同这样的人相处，真是不堪设想。（《致山本初枝/1935年6月27日》，《全集13》P638）

使我自己说起来，我大约是"姑息"的一方面，但我知道若在战斗的时候，非常有害，所以应该改正。（《致萧军、萧红/1935年3月13日》，《全集13》P78）

损着别人的牙眼，却反对报复，主张宽容的人，万勿和他接近。（《死》，《且介亭杂文末编》，《全集6》P612）

被压迫者即使没有报复的毒心，也决无被报复的恐惧，只有明明暗暗，吸血吃肉的凶手或其帮闲们，这才赠人以"犯而勿校"或"勿念旧恶"[4]的格言，……（《女吊》，《且介亭杂文末编》，《全集6》P619）

[1]　犯而不校：语出《论语·泰伯》，是孔子弟子曾参的话。校，计较。

[2]　以眼还眼以牙还牙：摩西的话，见《旧约·申令记》。

[3]　天国：基督教称上帝所治理的国，也借用于比喻理想世界。

[4]　勿念旧恶：语出《论语·公冶长》，原作"不念旧恶"。

论道德

地球上不只一个世界，实际上的不同，比人们空想中的阴阳两界还利害。（《叶紫作〈丰收〉序》，《且介亭杂文二集》，《全集6》P219）

……人在天性上不能没有憎，而这憎，又或根于更广大的爱。（《〈医生〉译者附记》，《译文序跋集》，《全集10》P176）

据我自己想：只要是地位，尤其是利害一不相同，则两国之间不消说，就是同国的人们之间，也不容易互相了解的。（《内山完造作〈活中国的姿态〉序》，《且介亭杂文二集》，《全集6》P266）

人和人的魂灵，是不相通的。（《无花的蔷薇之二》，《华盖集续编》，《全集3》P262）

人们的苦痛是不容易相通的。（《"死地"》，《华盖集续编》，《全集3》P266）

人是大抵自以为衔些冤抑的；活的"正人君子"们只能骗鸟，若问愚民，他就可以不假思索地回答你：公正的裁判是在阴间！（《无常》，《朝花夕拾》，《全集2》P270）

凡是人的灵魂的伟大的审问者，同时也一定是伟大的犯人。（《〈穷人〉小引》，《集外集》，《全集7》P104）

公道和武力合为一体的文明，世界上本未出现，那萌芽或者只在几个先驱者和几群被迫压民族的脑中。但是，当自己有了力量的时候，却往往离而为二了。（《忽然想到》，《华盖集》，《全集3》P88）

在我的心里似乎是没有所谓"公平"，在别人里我也没有看见过，然而还疑心什么地方也许有，因此就不敢做那两样东西了：法官，批评家。（《并非闲话（三）》，《华盖集》，《全集3》P152）

……压迫者指为被压迫者的不德之一的这虚伪，对于同类，是恶，而对于压迫者，却是道德的。（《陀思妥夫斯基的

事》，《且介亭杂文二集》，《全集6》P412）

　　……被压迫者对于压迫者，不是奴隶，就是敌人，决不能成为朋友，所以彼此的道德，并不相同。（《后记》，《且介亭杂文二集》，《全集6》P451）

论人生

人类总有一种理想，一种希望。虽然高下不同，必须有个意义。自他两利固好，至少也得有益本身。（《我之节烈观》，《坟》，《全集1》P124）

无论何国何人，大都承认"爱己"是一件应当的事。这便是保存生命的要义，也就是继续生命的根基。（《我们现在怎样做父亲》，《坟》，《全集1》P133）

中国觉醒的人，为想随顺长者解放幼者，便须一面清结旧账，一面开辟新路。就是开首所说的"自己背着因袭的重担，肩住了黑暗的闸门，放他们到宽阔光明的地方去；此后幸福的度日，合理的做人。"这是一件极伟大的要紧的事，也是一件极困苦艰难的事。（《我们现在怎样做父亲》，《坟》，《全集1》P140）

人生最苦痛的是梦醒了无路可以走。做梦的人是幸福的；倘没有看出可走的路，最要紧的是不要去惊醒他。（《娜拉走后怎样》，《坟》，《全集1》P159）

所以我想，假使寻不出路，我们所要的就是梦；但不要将来的梦，只要目前的梦。（《娜拉走后怎样》，《坟》，《全集1》P160）

自由固不是钱所能买到的，但能够为钱而卖掉。（《娜拉走后怎样》，《坟》，《全集1》P161）

天下事尽有小作为比大作为更烦难的。譬如现在似的冬天，我们只有这一件棉袄，然而必须救助一个将要冻死的苦人，否则便须坐在菩提树下[1]冥想普度一切人类的方法去。普度一切人类和救活一人，大小实在相去太远了，然而倘叫我挑选，我就立刻到菩提树下去坐着，因为免得脱下唯一的棉袄来冻杀自己。（《娜拉走后怎样》，《坟》，《全集1》P161）

梦是好的；否则，钱是要紧的。

钱这个字很难听，或者要被高尚的君子们所非笑，但我总觉得人们的议论是不但昨天和今天，即使饭前和饭后，也往往有些差别。凡承认饭需钱买，而以说钱为卑鄙者，倘能按一按他的胃，那里面怕总还有鱼肉没有消化完，须得饿他一天之后，再来听他发议论。（《娜拉走后怎样》，《坟》，《全集1》P160）

世间有一种无赖精神，那要义就是韧性。听说拳匪乱后，天津的青皮，就是所谓无赖者很跋扈，譬如给人搬一件行李，他就要两元，对他说这行李小，他说要两元，对他说道路近，他说要两元，对他说不要搬了，他说也仍然要两元。青皮固然是不足为法的，而那韧性却大可以佩服。（《娜拉走后怎样》，《坟》，《全集1》P162）

失望无论大小，是一种苦味，……人生多苦辛，而人们有时却极容易得到安慰，又何必惜一点笔墨，给多尝些孤独的悲哀呢？（《写在〈坟〉后面》，《坟》，《全集1》P282）

纵令不过一洼浅水，也可以学学大海；横竖都是水，可以相通。几粒石子，任他们暗地里掷来；几滴秽水，任他们从背后泼来就是了。（《随感录·四十一》，《热风》，《全集1》P326）

中国现在的人心中，不平和愤恨的分子太多了。不平还是改造的引线，但必须先改造了自己，再改造社会，改造世

界；万不可单是不平。至于愤恨，却几乎全无用处。（《随感录·六十二》，《热风》，《全集1》P360）

凡有一人的主张，得了赞和，是促其前进的，得了反对，是促其奋斗的，独有叫喊于生人中，而生人并无反应，既非赞同，也无反对，如置身毫无边际的荒原，无可措手的了，这是怎样的悲哀呵，……（《自序》，《呐喊》，《全集1》P417）

……于浩歌狂热之际中寒；于天上看见深渊。于一切眼中看见无所有；于无所希望中得救。……（《墓碣文》，《野草》，《全集2》P202）

教书一久，即与一般社会暌离，无论怎样热心，做起事来总要失败。假如一定要做，就得存学者的良心，有市侩的手段，但这类人才，怕教员中间是未必会有的。（《通讯》，《华盖集》，《全集3》P24）

我们目下的当务之急，是：一要生存，二是温饱，三要发展。苟有阻碍这前途者，无论是古是今，是人是鬼，是《三坟》、《五典》[2]，百宋千元[3]，天球河图[4]，金人玉佛，祖传丸散，秘制膏丹，全都踏倒他。（《忽然想到》，《华盖集》，《全集3》P45）

我只可以说出我为别人设计的话，就是：一要生存，二要温饱，三要发展。有敢来阻碍这三事者，无论是谁，我们都反抗他，扑灭他！

可是还得附加几句话以免误解，就是：我之所谓生存，并不是苟活；所谓温饱，并不是奢侈；所谓发展，也不是放纵。（《北京通信》，《华盖集》，《全集3》P51）

137

死于敌手的锋刃，不足悲苦；死于不知何来的暗器，却是悲苦。但最悲苦的是死于慈母或爱人误进的毒药，战友乱发的流弹，病菌的并无恶意的侵入，不是我自己制定的死刑。（《杂感》，《华盖集》，《全集3》P48）

古训所教的就是这样的生活法，教人不要动。不动，失错当然就较少了，但不活的岩石泥沙，失错不是更少么？我以为人类为向上，即发展起见，应该活动，活动而有若干失错，也不要紧。惟独半死半生的苟活，是全盘失错的。因为他挂了生活的招牌，其实却引人到死路上去！（《北京通信》，《华盖集》，《全集3》P52）

人生苦痛的事太多了，尤其是在中国。记性好的，大概都被厚重的苦痛压死了；只有记性坏的，适者生存，还能欣然活

着。（《导师》，《华盖集》，《全集3》P55）

正当苦痛，即说不出苦痛来，佛说极苦地狱中的鬼魂，也反而并无叫唤！（《"碰壁"之后》，《华盖集》，《全集3》P68）

记得韩非子[5]曾经教人以竞马的要妙，其一是"不耻最后"。即使慢，驰而不息，纵令落后，纵令失败，但一定可以达到他所向的目标。（《补白》，《华盖集》，《全集3》P106）

我每看运动会时，常常这样想：优胜者固然可敬，但那虽然落后而仍非跑至终点不止的竞技者，和见了这样竞技者而肃然不笑的看客，乃正是中国将来的脊梁。（《这个与那个》，《华盖集》，《全集3》P143）

孩子初学步的第一步，在成人看来，的确是幼稚，危险，不成样子，或者简直是可笑的。但无论怎样的愚妇人，却总以恳切的希望的心，看他跨出这第一步去，决不会因为他的走法幼稚，怕要阻碍阔人的路线而"逼死"他；也决不至于将他禁在床上，使他躺着研究到能够飞跑时再下地。因为她知道：假如这么办，即使长到一百岁也还是不会走路的。（《这个与那

个》，《华盖集》，《全集3》P143）

在我们不从容的人们的世界中，实在没有那许多工夫来摆
臭绅士的臭架子了，要做就做，与其说明年喝酒，不如立刻喝
水；待廿一世纪的剖拨戮尸，倒不如马上就给他一个嘴巴。至
于将来，自有后起的人们，决不是现在人即将来所谓古人的世
界，如果还是现在的世界，中国就会完！（《有趣的消息》，
《华盖集续编》，《全集3》P201）

139

谣言这东西，却确是造谣者本心所希望的事实，我们可
以借此看看一部分人的思想和行为。（《无花的蔷薇之三》，
《华盖集续编》，《全集3》P288）

世上爱牡丹的或者是最多，但也有喜欢曼陀罗花或无名
小草的，……（《厦门通信》，《华盖集续编》，《全集3》
P370）

防被欺。
自称盗贼的无须防，得其反倒是好人；自称正人君子的必
须防，得其反则是盗贼。（《小杂感》，《而已集》，《全集
3》P531）

　　这是我的"世故"，在中国做人，骂民族，骂国家，骂社会，骂团体，……都可以的，但不可涉及个人，有名有姓。（《谈所谓"大内档案"》，《而已集》，《全集3》P562）

　　一般的幻灭的悲哀，我以为不在假，而在以假为真。（《怎么写》，《三闲集》，《全集4》P23）

140

　　幻灭之来，多不在假中见真，而在真中见假。（《怎么写》，《三闲集》，《全集4》P24）

　　现在的人间也还是"大王好见，小鬼难当"的处所。出路是有的。何以无呢？只因多鬼祟，他们将一切路都要糟蹋了。这些都不要，才是出路。（《路》，《三闲集》，《全集4》P89）

　　要而言之：凡有被捧者，十之九不是好东西。（《这个与那个》，《华盖集》，《全集3》P140）

　　所以我的经验是：毁或无妨，誉倒可怕，有时候是极其"汲汲乎殆哉"的。（《做古文和做好人的秘诀》，《二心集》，《全集4》P269）

　　"世故"似乎也像"革命之不可不革，而亦不可太革"一

《三闲集》。收1927年至1929年作杂文34篇，附《鲁迅著译书目》一篇，1932年9月上海北新书局出版。

《南腔北调集》。收1932年至1933年作杂文51篇，1934年3月上海同文书店出版。

样，不可不通，而亦不可太通的。（《世故三昧》，《南腔北调集》，《全集4》P590）

谣言世家的子弟，是以谣言杀人，也以谣言被杀的。（《谣言世家》，《南腔北调集》，《全集4》P595）

中国古人，常欲得其"全"，就是制妇女用的"乌鸡白凤丸"，也将全鸡连毛血都收在丸药里，方法固然可笑，主意却是不错的。

删夷枝叶的人，决定得不到花果。（《"这也是生活"……》，《且介亭杂文末编》，《全集6》P601）

其实，战士的日常生活，是并不全部可歌可泣的，然而又无不和可歌可泣之部相关联，这才是实际上的战士。（《"这也是生活"……》，《且介亭杂文末编》，《全集6》P603）

人生却不在拼凑，而在创造，几千百万的活人在创造。（《难得糊涂》，《准风月谈》，《全集5》P373）

人间世事，恨和尚往往就恨袈裟。（《一思而行》，《花边文学》，《全集5》P473）

……黑暗的吞噬之力，往往胜于孤军，……（《论秦理斋夫人事》，《花边文学》，《全集5》P482）

人固然应该生存，但为的是进化；也不妨受苦，但为的是解除将来的一切苦；更应该战斗，但为的是改革。（《论秦理斋夫人事》，《花边文学》，《全集5》P482）

144

人能组织，能反抗，能为奴，也能为主，不肯努力，固然可以永沦为舆台，自由解放，便能够获得彼此的平等，那运命是并不一定终于送进厨房，做成大菜的。（《倒提》，《花边文学》，《全集5》P490）

事实是毫无情面的东西，它能将空言打得粉碎。（《安贫乐道法》，《花边文学》，《全集5》P540）

文人的遭殃，不在生前的被攻击和被冷落，一瞑之后，言行两亡，于是无聊之徒，谬托知己，是非蜂起，既以自，又以卖钱，连死尸也成了他们的沽名获利之具，这倒是值得悲哀的。（《忆韦素园君》，《且介亭杂文》，《全集6》P68）

美国人说，时间就是金钱；但我想：时间就是性命。无端的空耗别人的时间，其实是无异于谋财害命的。（《门外文

谈》，《且介亭杂文》，《全集6》P97）

小心谨慎的人，偶然遇见仁人君子或雅人学者时，倘不会帮闲凑趣，就须远远避开，愈远愈妙。假如不然，即不免要碰着和他们口头大不相同的脸孔和手段。（《论俗人应避雅人》，《且介亭杂文》，《全集6》P205）

大家都知道"贤者避世"，我以为现在的俗人却要避雅，这也是一种"明哲保身"。（《论俗人应避雅人》，《且介亭杂文》，《全集6》P206）

所以我想，与其找胡涂导师，倒不如自己走，可以省却寻觅的工夫，横竖他也什么都不知道。（《田园思想（通讯）》，《集外集》，《全集7》P88）

英雄的血，始终是无味的国土里的人生的盐，而且大抵是给闲人们作生活的盐，这倒实在是很可诧异的。（《〈争自由的波浪〉小引》，《集外集拾遗》，《全集7》P304）

……坐监却独独缺少一件事，这就是：自由。所以，贪安稳就没有自由，要自由就总要历些危险。只有这两条路。那一条好，是明明白白的，……（《老调子已经唱完》，《集外集

拾遗》，《全集7》P313）

　　……可以记一个总纲。如"认真点"，"眼光不可不放大但不可放的太大"，就是。这本是两句平常话，但我的确知道了这两句话，是在死了许多性命之后。许多历史的教训，都是用极大的牺牲换来的。譬如吃东西罢，某种是毒物不能吃，我们好像全惯了，很平常了。不过，这一定是以前有多少人吃死了，才知道的。所以我想，第一次吃螃蟹的人是很可佩服的，不是勇士谁敢去吃它呢？螃蟹有人吃，蜘蛛一定也有人吃过，不过不好吃，所以后人不吃了。……我希望一般人不要只注意在近身的问题，或地球以外的问题，社会上实际问题是也要注意些才好。（《今春的两种感想》，《集外集拾遗》，《全集7》P387）

　　我们穷人唯一的资本就是生命。以生命来投资，为社会做一点事，总得多赚一点利才好；以生命来做利息小的牺牲，是不值得的。（《关于知识阶级》，《集外集拾遗补编》，《全集8》P193）

　　我看一切理想家，不是怀念"过去"，就是希望"将来"，而对于"现在"这一个题目，都缴了白卷，因为谁也开不出药方。所有最好的药方，即所谓"希望将来"的就是。

"将来"这回事，虽然不能知道情形怎样，但有是一定会有的，就是一定会到来的，所虑者到了那时，就成了那时的"现在"。然而人们也不必这样悲观，只要"那时的现在"比"现在的现在"好一点，就很好了，这就是进步。（《两地书·四》，《全集11》P20）

在进取的国民中，性急是好的，但生在麻木如中国的地方，却容易吃亏，纵使如何牺牲，也无非毁灭自己，于国度没有影响。我记得先前在学校演说时候也曾说过，要治这麻木状态的国度，只有一法，就是"韧"，也就是"锲而不舍"。（《两地书·一二》，《全集11》P46）

人到无聊，便比什么都可怕，因为这是从自己发生的，不大有药可救。（《两地书·二九》，《全集11》P88）

性急就容易发脾气，最好要酌减"急"的角度，否则，要防自己吃亏，因为现在的中国，总是阴柔人物得胜。（《两地书·二九》，《全集11》P89）

人固然应该办"公"，然而总须大家都办，倘人们偷懒，而只有几个人拼命，未免太不"公"了，就该适可而止，可以省下的路少走几趟，可以不管的事少做几件，自己也是国民之一，应该爱惜的，谁也没有要求独独几个人应该做得劳苦而死的权利。（《两地书·六二》，《全集11》P175）

……这两件事，是势不两立的：作文要热情，教书要冷静。兼做两样的，倘不认真，便两面都油滑浅薄，倘都认真，则一时使热血沸腾，一时使心平气和，精神便不胜困惫，结果也还是两面不讨好。看外国，兼做教授的文学家，是从来很少有的。（《两地书·六六》，《全集11》P184）

我敢赠送你一句真实的话，你的善于感激，是于自己有害的，使自己不能高飞远走。（《致赵其文/1925年4月8日》，《全集11》P440）

……凡有富于感激的人，即容易受别人的牵连，不能超然独往。

感激，那不待言，无论从那一方面说起来，大概总算是美德罢。但我总觉得这是束缚人的。譬如，我有时很想冒险，破坏，几乎忍不住，而我有一个母亲，还有些爱我，愿我平安，我因为感激他的爱，只能不照自己所愿意做的做，而在北京寻一点糊口的小生计，度灰色的生涯。因为感激别人，就不能不慰安别人，也往往牺牲了自己，——至少是一部分。（《致赵

其文/1925年4月11日》,《全集11》P442）

……我以为绝望而反抗者难,比因希望而战斗者更勇猛,更悲壮。（《致赵其文/1925年4月11日》,《全集11》P442）

我想赠你一句话:专管自己吃饭,不要对人发感慨。（此所谓"人"者,生人不必说,即可疑之熟人,亦包括在内。）并且积下几个钱来。（《致章廷谦/1927年7月17日》,《全集11》P559）

人不能不吃饭,因此即不能不做事。但居今之世,事与愿违者往往而有,所以也只能做一件事算是活命之手段,倘有余暇,可研究自己所愿意之东西耳。自然,强所不欲,亦一苦事。然而饭碗一失,其苦更大。我看中国谋生,将日难一日也,所以只得混混。（《致李秉中/1928年4月9日》,《全集11》P620）

理想与现实,一定要冲突。（《致李秉中/1930年9月3日》,《全集12》P21）

但世界如此,做人真难,谣言足以杀人,……（《致荆有麟/1931年2月5日》,《全集12》P39）

中国近又不宁，真不知如何是好。做起事来，诚然，令人心悸。但现在做人，我想，只好大胆一点，恐怕也就通过去了。兄之常常觉得为难，我想，其缺点即在想得太仔细，要毫无错处。其实，这样的事，是极难的。凡细小的事情，都可以不必介意。一旦身临其境，倒也没有什么，譬如在围城中，亦未必如在城外之人所推想者之可怕也。（《致李秉中/1931年6月23日》，《全集12》P50）

现在做人，似乎只能随时随手做点有益于人之事，倘其不能，就做些利己而不损人之事，又不能，则做些损人利己的事。只有损人而不利己的事，我是反对的，如强盗之放火是也。（《致曹聚仁/1933年6月18日》，《全集12》P184）

大约满口激烈之谈者，其人便须留意。（《致姚克/1934年4月12日》，《全集12》P385）

我以为应该对于那些批评，完全放开，而自己看书，自己作论，不必和那些批评针锋相对。否则，终日为此事烦劳，能使自己没有进步。批评者的眼界是小的，所以他不能在大处落墨，如果受其影响，那就是自己的眼界也给他们收小了。假使攻击者多，而一一应付，那真能因此白活一世，于自己，于社

会，都无益处。（《致徐懋庸/1934年6月21日》，《全集12》P463）

骂别人不革命，便是革命者，则自己不做事，而骂别人的事做得不好，自然便是更做事者。若与此辈理论，可以被牵连到白费唇舌，一事无成，也就是白活一世，于己于人，都无益处。（《致郑振铎/1934年6月21日》，《全集12》P466）

敌人是不足惧的，最可怕的是自己营垒里的蛀虫，许多事都败在他们手里。（《致萧军、萧红/1934年12月6日》，《全集12》P584）

……这些小事，万不可放在心上，否则，人就容易神经衰弱，陷入忧郁了。（《致萧军、萧红/1934年12月6日》，《全集12》P586）

这"野气"要不要故意改它呢？我看不要故意改。但如上海住得久了，受环境的影响，是略略会有些变化的，除非不和社会接触。但是，装假固然不好，处处坦白，也不成，这要看是什么时候。和朋友谈心，不必留心，但和敌人对面，却必须刻刻防备。我们和朋友在一起，可以脱掉衣服，但上阵要穿甲。你记得《三国志演义》上的许褚赤膊上阵么？中了好几

箭。金圣叹批道：谁叫你赤膊？（《致萧军、萧红/1935年3月13日》，《全集13》P79）

对于谣言，我是不会懊恼的，如果懊恼，每月就得懊恼几回，也未必活到现在了。大约这种境遇，是可以练习惯的，后来就毫不要紧。倘有谣言，自己就懊恼，那就中了造谣者的计了。（《致萧军/1935年7月29日》，《全集13》P179）

"土匪气"很好，何必克服它，但乱撞是不行的。（《致萧军/1935年9月1日》，《全集13》P200）

人生现在实在苦痛，但我们总要战取光明，即使自己遇不到，也可以留给后来的。我们这样的活下去罢。（《致曹白/1936年3月26日》，《全集13》P337）

我们不会用阴谋，只能傻干……（《致孟十还/1935年10月12日》，《全集13》P230）

世味秋荼苦，人间直道穷。（《哀范君三章》，《集外集拾遗》，《全集7》P425）

无情未必真豪杰，怜子如何不丈夫。（《答客诮》，《全

集7》P439）

我想：希望是本无所谓有，无所谓无的。这正如地上的路；其实地上本没有路，走的人多了，也便成了路。（《故乡》，《全集1》P485）

153

什么是路？就是从没路的地方践踏出来的，从只有荆棘的地方开辟出来的。

以前早有路了，以后也该永远有路。（《随感录·六十六生命的路》，《热风》，《全集1》P368）

注　释

[1]　坐在菩提树下：这里借用关于释迦牟尼的传说。佛教始祖释迦牟尼（约前565—前486）二十九岁时出家，修行六年，未能悟道，一次坐在菩提树下发誓说："若不成正觉，虽骨碎肉腐，亦不起此座。"静思七日，果成"正觉"。

[2]　《三坟》《五典》：相传是三皇五帝时的遗书，已不可考。《左传》昭公十二年："是能读三坟、五典、八索、九丘。"晋代杜预注："皆古书名。"

[3]　百宋千元：指清代乾隆、嘉庆时藏书家黄丕烈和吴骞的藏书，这

里泛指古书。黄丕烈藏有宋版书一百余部，书室名为"百宋一廛"，吴骞藏有元版书一千部，书室名为"千元十驾"。

[4] 天球河图：天球，相传为古雍州（今陕甘一带）所产的美玉。河图，相传是伏羲时龙马从黄河中负出的图。

[5] 韩非子：即韩非（约前280—前233）战国时韩国人，思想家、政治家。著有《韩非子》二十卷。这里说的"不耻最后"的话，未见于《韩非子》，出处待考。《淮南子·诠言训》中则有类似的记载："马由者不贪最先，不恐独后，缓急调乎手，御心调乎马，虽不能必先哉，马力必尽矣。"马由，赛马。

论友谊

再说一遍：我乃党同而伐异。"济私"而不"假公"，零卖气力而不全做牺牲，敢卖自己而不卖朋友，以为这样也好者不妨往来，以为不行者无须劳驾；也不收策略的同情，更不要人布施什么忠诚的友谊，简简单单，如此而已。（《新的世故》，《集外集拾遗补编》，《全集8》P152）

自己年纪大了，但也曾年青过，所以明白青年的不顾前后，激烈的热情，也了解中年的怀着同情，却又不能不有所顾虑的苦心孤诣。现在的许多论客，多说我会发脾气，其实我觉得自己倒是从来没有因为一点小事情，就成友或成仇的人，我还不少几十年的老朋友，要点就在彼此略小节而取其大。（《致曹聚仁/1936年2月21日》，《全集13》P316）

由我想来，一做过编辑，交际是一定多起来的，而无聊的人，也就乘虚而入，此后可以仍旧只与几个老朋友往还，而有些不可靠的新交，你断绝往来，以省无谓的口舌，也可以节省时间，自己看书。（《致徐懋庸/1934年9月20日》，《全集12》P512）

语堂[1]是我的老朋友，我应以朋友待之，当《人间世》还未出世，《论语》已很无聊时，曾经竭了我的诚意，写一封信，劝他放弃这玩意儿，我并不主张他去革命，拼死，只劝他译些英国文学名作，以他的英文程度，不但译本于今有用，在将来恐怕也有用的。他回我的信是说，这些事等他老了再说。这时我才悟到我的意见，在语堂看来是暮气，但我至今还自信是良言，要他于中国有益，要他在中国存留，并非要他消灭。他能更急进，那当然很好，但我看是决不会的，我决不出难题给别人做。（《致曹聚仁/1934年8月13日》，《全集12》P505）

敌人不足惧，最令人寒心而且灰心的，是友军中的从背后来的暗箭；受伤之后，同一营垒中的快意的笑脸。因此，倘受了伤，就得躲入深林，自己舐干，扎好，给谁也不知道。我以为这境遇，是可怕的。我倒没有什么灰心，大抵休息一会，就仍然站起来，然而好像终竟也有影响，不但显于文章上，连自己也觉得近来还是"冷"的时候多了。（《致萧军、萧红/1935年4月23日》，《全集13》P116）

但记得我已曾将定例声明，即一者不再与新认识的人往还，二者不再与陌生人认识。……此事并无他种坏主意，无非熟人一多，世务亦随之而加，于其在病院也有关心之义务，而偶或相遇也又必当有恭敬鞠躬之行为，此种虽系小事，但亦为"天下从此多事"之一分子，故不如销声匿迹之为愈[2]耳。（《致孙伏园/1923年10月24日》，《全集11》P418）

157

我有时也能辣手评文，也尝煽动青年冒险，但有相识的人，我就不能评他的文章，怕见他的冒险，明知道这是自相矛盾的，也就是做不出什么事情来的死症，然而终于无法改良，奈何不得——姑且由他去罢。（《两地书·一二》，《全集11》P46）

子弹从背后来，真足令人悲愤，……（《致曹靖华/1935年1月15日》，《全集13》P17）

度尽劫波兄弟在，相逢一笑泯恩仇。（《题三义塔》，《集外集》，《全集7》P151）

注　释

[1]　语堂：即林语堂（1895—1976），福建龙溪（今龙海）人，现代作家，先后留学美国和德国，获哲学博士学位。1923年归国，任北京大学英文教授，曾参加语丝社，1926年任厦门大学文科主任，次年到武汉国民政府外交部任外交秘书。1932年起在上海编辑《论语》《人间世》《宇宙风》等刊物，提倡幽默闲适小品。1936年赴美国从事写作及翻译工作。著有《剪拂集》《大荒集》《我的话》《京华烟云》《苏东坡传》《吾国与吾民》等。

[2]　愈：好过，胜过。

性爱、婚姻与家庭

我以为所谓恋爱，是只有不革命的恋爱的。（《致韦素园/1929年4月7日》，《全集11》P664）

……殊不知富翁的杏酪和穷人的豆浆，在爱情上价值同等。（《我们现在怎样做父亲》，《坟》，《全集1》P133）

可是魔鬼手上，终有漏光的处所，掩不住光明：人之子醒了；他知道了人类间应有爱情；……（《随感录·四十》，《热风》，《全集1》P322）

但据我个人意见，则以为禁欲，是不行的，中世纪之修道士，即是前车。但染病，是万不可的。十九世纪末之文艺家，虽曾赞颂毒酒之醉，病毒之死，但赞颂固不妨，身历却是大苦。于是归根结蒂，只好结婚。结婚之后，也有大苦，有大累，怨天尤人，往往不免。但两害相权，我以为结婚较小。否

则易于得病，一得病，终身相随矣。（《致李秉中/1928年4月9日》，《全集11》P619）

君子闲居为不善。孔夫子漫游一生，且带了许多弟子，除二三可疑之点，大体还可以，但如果闲居下来，又当如何？我实在不能保证。尤其是男性，大概都靠不住，即使在陆上住久了，也还是希罕陆上的女性。至于会不会有厌倦的时候，倒是个问题，但依我说，还是不要多加议论。（《致山本初枝/1934年6月7日》，《全集13》P580）

爱情必须时时更新，生长，创造。（《伤逝》，《彷徨》，《全集2》P115）

人必生活着，爱才有所附丽。（《伤逝》，《彷徨》，《全集2》P121）

……人的生活的第一着是求生，向着这求生的道路，是必须携手同行，或奋身孤往的了，倘使只知道捶着一个人的衣角，那便是虽战士也难于战斗，只得一同灭亡。（《伤逝》，《彷徨》，《全集2》P123）

其实呢，异性，我是爱的，但我一向不敢，因为我自己明白各种缺点，深恐辱没了对手。然而一到爱起来，气起来，是什么都不管的。（《致韦素园/1929年3月22日》，《全集11》P660）

结婚之事，难言之矣，此中利弊，忆数年前于函中亦曾为兄道及。爱与结婚，确亦天下大事，由此而定，但爱与结婚，则又有他种大事，由此开端，此种大事，则为结婚之前，所未尝想到或遇见者，然此亦人生所必经（倘要结婚），无可如何者也。未婚之前，说亦不解，既解之后，——无可如何。（《致李秉中/1930年5月3日》，《全集12》P15）

生今之世，而多孩子，诚为累坠之事，然生产之费，问题尚轻，大者乃在将来之教育，国无常经，个人更无所措手，我本以绝后顾之忧为目的，而偶失注意，遂有婴儿，念其将来，亦常惆怅，然而事已如此，亦无奈何，长吉[1]诗云：已生须已养，荷担出门去，只得加倍服劳，为孺子牛[2]耳，尚何言哉。（《致李秉中/1931年4月15日》，《全集12》P43）

冷静，在两人之间，是有缺点的，但打闹，也有弊病，不过，倘能立刻互相谅解，那也不妨。至于孩子，偶然看看是有趣的，但养起来，整天在一起，却真是麻烦得很。（《致萧军、萧红/1934年12月6日》，《全集12》P585）

　　孩子是个累赘，有了孩子就有许多麻烦。你以为如何？近来我几乎终年为孩子奔忙。但既已生下，就要抚育。换言之，这是报应，也就无怨言了。（《致山本初枝／1932年11月7日》，《全集13》P503）

162

　　这并未改革的社会里，一切单独的新花样，都不过一块招牌，实际上和先前并无两样。……所以一切女子，倘不得到和男子同等的经济权，我以为所有好名目，就都是空话。自然，在生理和心理上，男女是有差别的；即在同性中，彼此也都不免有些差别。然而地位却应该同等。必须地位同等之后，才会有真的女人和男人，才会消失了叹息和苦痛。（《关于妇女解放》，《南腔北调集》，《全集4》P598）

　　家是我们的生处，也是我们的死所。（《家庭为中国之基本》，《南腔北调集》，《全集4》P620）

注　释

[1]　长吉：李贺（790—816），字长吉，河南福昌（今宜阳）人，唐代中期著名诗人。著有《昌谷集》。这里所引的诗，出于《感讽五首·其四》。

[2]　孺子牛：典出《左传》哀公六年："鲍子曰，女忘君之为孺子牛而折其齿乎？而背之也！"晋代杜预注："孺子，荼也。景公尝衔绳为牛，使荼牵之。荼顿地，故折其齿。"孺子，小孩子。

文化教育

中国的文化，都是侍奉主子的文化，是用很多的人的痛苦换来的。无论中国人，外国人，凡是称赞中国文化的，都只是以主子自居的一部份。（《老调子已经唱完》，《集外集拾遗》，《全集7》P312）

月球只一面对着太阳，那一面我们永远不得见。歌颂中国文明的也惟以光明的示人，隐匿了黑的一面。（《补白》，《华盖集》，《全集3》P103）

"雅"要地位，也要钱，古今并不两样的，……（《病后杂谈》，《且介亭杂文》，《全集6》P164）

我看中国书时，总觉得就沉静下去，与实人生离开；读外国书——但除了印度——时，往往就与人生接触，想做点事。

中国书虽有劝人入世的话，也多是僵尸的乐观；外国书即使是颓唐和厌世的，但却是活人的颓唐和厌世。

我以为要少——或者竟不——看中国书，多看外国书。

少看中国书，其结果不过不能作文而已。但现在的青年最要紧的是"行"，不是"言"。只要是活人，不能作文算什么大不了的事。（《青年必读书》，《华盖集》，《全集3》P12）

一个人处在沈闷的时代，是容易喜欢看古书的，作为研究，看看也不要紧，不过深入之后，就容易受其浸润，和现代离开。（《致刘炜明/1934年11月28日》，《全集12》P576）

所以要观察，还是先要经过思索和读书。（《读书杂谈》，《而已集》，《全集3》P443）

总之，我的意思是很简单的：我们自动的读书，即嗜好的读书，请教别人是大抵无用，只好先行泛览，然后决择而入于自己所爱的较专的一门或几门；但专读书也有弊病，所以必须和实社会接触，使所读的书活起来。（《读书杂谈》，《而已集》，《全集3》P443）

专看文学书，也不好的。先前的文学青年，往往厌恶数学，理化，史地，生物学，以为这些都无足重轻，后来变成连常识也没有，研究文学固然不明白，自己做起文章来也胡涂，所以我希望你们不要放开科学，一味钻在文学里。（《致颜黎民/1936年4月15日》，《全集13》P357）

……只看一个人的著作，结果是不大好的：你就得不到多方面的优点。必须如蜜蜂一样，采过许多花，这才能酿出蜜来，倘若叮在一处，所得就非常有限，枯燥了。（《致颜黎民/1936年4月15日》，《全集13》P357）

中国的书，乱骂唯物论之类的固然看不得，自己不懂而乱赞的也看不得，所以我以为最好先看一点基本书，庶不致为不负责任的论客所误。（《致徐懋庸/1933年12月20日》，《全集12》P303）

中国学问，待从新整理者甚多，即如历史，就该另编一部。古人告诉我们唐如何盛，明如何佳，其实唐室大有胡气，明则无赖儿郎，此种物件，都须褫其华衮[1]，示人本相，庶青年不再乌烟瘴气，莫名其妙。（《致曹聚仁/1933年6月18日》，《全集12》P184）

要风化好，是在解放人性，普及教育，尤其是性教育，这正是教育者所当为之事，"收起来"却是管牢监的禁卒哥哥的

擬播布美術意見書

周樹人

一　何為美術

美術為詞，中國古所不道，此之所用，譯自英之愛忒（Art or fine art）。愛忒云者，原出希臘，其義為藝。是有九神，先民所信，以為工巧之事，是亦藝濮薄，土工師匠，不有藝忒，頗在今茲，則詞中亦有美術之意，反是者則不嘗以美術稱。

希臘之民，以美術著于世。然熟考其造作，初無研鑽雕塑之直覺之刀，以刌剥天物美惡，惟其為傳敏所成就者，神蓋凡有人類能其二性，一曰愛，二曰作。愛者曾如隔日出海瑤草作華，若非白痴莫不領會感動；既有領會感動則一二才十能使再現以成新品是謂之作故作者出於思愉其無是即無美術故美術於所見天物非必因襲或模測林或龍機再現之際常加改造伸其得宜是曰美化愉其無是亦非美術故美化者三要素。一曰天物，二曰思理，三曰美化。緣美術必有此三要素，故與他物之界域昲刻玉之狀為器，幾案可以陳設什器輕於揭取便於用矣，而不得謂之美術，太古之遺物，經歲之奇郡，四矣而非必為美術。重塑大赤陰體裸裎以其載刻豢人目類眈矣，而非必為美術，此尤不可不辨者也。

二　美術之類別

由術之質可知美術云者，即用思理以美化天物之謂，苟合於此，則無間外狀若何，咸得謂之美術，如彫

一

专门。（《坚壁清野主义》，《坟》，《全集1》P258）

我觉得外国孩子，实在比中国的纯朴，简单，中国的总有些破落户子弟气味。（《致徐懋庸/1935年3月22日》，《全集13》P88）

168

施以狮虎式的教育，他们就能用爪牙，施以牛羊式的教育，他们到万分危急时还会用一对可怜的角。然而我们所施的是什么式的教育呢，连小小的角也不能有，则大难临头，惟有兔子似的逃跑而已。（《论"赴难"和"逃难"》，《南腔北调集》，《全集4》P474）

现在的所谓教育，世界上无论那一国，其实都不过是制造许多适应环境的机器的方法罢了。要适如其分，发展各各的个性，这时候还未到来，也料不定将来究竟可有这样的时候。我疑心将来的黄金世界里，也会有将叛徒处死刑，而大家尚以为是黄金世界的事，其大病根就在人们各各不同，不能像印版书似的每本一律。（《两地书·四》，《全集11》P19）

学风如何，我以为是和政治状态及社会情形相关的，倘在山林中，该可以比城市好一点，只要办事人员好。但若政治昏暗，好的人也不能做办事人员，学生在学校中，只是少听到一些可厌的新闻，待到出了校门，和社会相接触，仍然要苦痛，仍然要堕落，无非略有迟早之分。所以我的意思，以为倒不如在都市中，要堕落的从速堕落罢，要苦痛的速速苦痛罢，否则从较为宁静的地方突到闹处，也须意外地吃惊受苦，而其苦痛之总量，与本在都市者略同。（《两地书·二》，《全集11》P13）

教育界的称为清高。本是粉饰之谈，其实和别的什么界都一样，人的气质不大容易改变，进几年大学是无甚效力的。况且又有这样的环境，正如人身的血液一坏，体中的一部分决不能独保健康一样，教育界也不会在这样的民国里特别清高的。

所以，学校之不甚高明，其实由来已久，加以金钱的魔力，本事非常之大，而中国又是向来善于运用金钱诱惑法术的地方，于是自然就成了这现象。（《两地书·二》，《全集11》P14）

古之师道，实在也太尊，我对此颇有反感。我以为师如荒谬，不妨叛之，但师如非罪而遭冤，却不可乘机下石，以图快敌人之意而自救。（《致曹聚仁/1933年6月18日》，《全集12》P185）

不过名人的流毒，在中国却较为利害，这还是科举的余波。……这病根至今还没有除，一成名人，便有"满天飞"之概。我想，自此以后，我们是应该将"名人的话"和"名言"分开来的，名人的话并不都是名言；许多名言，倒出自田夫野老之口。这也就是说，我们应该分别名人之所以名，是由于那一门，而对于他的专门以外的纵谈，却加以警戒。（《名人和名言》，《且介亭杂文二集》，《全集6》P363）

170

注　释

[1]　褫其华衮：剥去其华丽的外衣。褫，剥夺；衮，古代君王等的礼服。

文学艺术

盖人文之留遗后世者，最有力莫如心声。（《摩罗诗力说》，《坟》，《全集1》P63）

盖诗人者，撄[1]人心者也。（《摩罗诗力说》，《坟》，《全集1》P68）

涵养人之神思，即文章之职与用也。（《摩罗诗力说》，《坟》，《全集1》P71）

文艺是国民精神所发的火光，同时也是引导国民精神的前途的灯火。这是互为因果的，正如麻油从芝麻榨出，但以浸芝麻，就使它更油。……中国人向来因为不敢正视人生，只好瞒和骗，由此也生出瞒和骗的文艺来，由这文艺，更令中国人更深地陷入瞒和骗的大泽中，甚而至于已经自己觉得。世界日日改变，我们的作家取下假面，真诚地，深入地，大胆地看取人生并且写出他的血和肉来的时候早到了，早就应该有一片崭新的文场，早就应该有几个凶猛的闯将！（《论睁了眼看》，《坟》，《全集1》P240）

文学与社会之关系，先是它敏感的描写社会，倘有力，便又一转而影响社会，使有变革。这正如芝麻油原从芝麻打出，取之浸芝麻，就使它更油一样。（《致徐懋庸/1933年12月20日》，《全集12》P302）

自然，人类最好是彼此不隔膜，相关心。然而最平正的道路，却只有用文艺来沟通，……（《〈呐喊〉捷克译本序言》，《且介亭杂文末编》，《全集6》P524）

没有冲破一切传统思想和手法的闯将，中国是不会有真的新文艺的。（《论睁了眼看》，《坟》，《全集1》P241）

帮闲文学实在是一种紧要的研究，……（《致杨霁云/1934年12月16日》，《全集12》P602）

……好的文艺作品，向来多是不受别人命令，不顾利害，自然而然地从心中流露的东西；如果先挂起一个题目，做起文章来，那又何异于八股，在文学中并无价值，更说不到能否

感动人了。（《革命时代的文学》，《而已集》，《全集3》
P418）

为革命起见，要有"革命人"，"革命文学"倒无须急急，革命人做出东西来，才是革命文学。（《革命时代的文学》，《而已集》，《全集3》P418）

世间往往误以两种文学为革命文学：一是在一方的指挥刀的掩护之下，斥骂他的敌手的；一是纸面上写着许多"打，打"，"杀，杀"，或"血，血"的。（《革命文学》，《而已集》，《全集3》P543）

我以为根本问题是在作者可是一个"革命人"，倘是的，则无论写的是什么事件，用的是什么材料，即都是"革命文学"。从喷泉里出来的都是水，从血管里出来的都是血。"赋得革命，五言八韵"，是只能骗骗盲试官的。（《革命文学》，《而已集》，《全集3》P544）

文章总是墨写的，血写的倒不过是血迹。它比文章自然更惊心动魄，更直截分明，然而容易变色，容易消磨。这一点，就要任凭文学逞能，恰如冢中的白骨，往古来今，总要以它的永久来傲视少女颊上的轻红似的。（《怎么写》，《三闲

集》，《全集4》P19）

社会停滞着，文艺决不能独自飞跃，若在这停滞的社会里居然滋长了，那倒是为这社会所容，已经离开革命，……（《文艺与革命》，《三闲集》，《全集4》P83）

174

但我以为一切文艺固是宣传，而一切宣传却并非全是文艺，这正如一切花皆有色（我将白也算作色），而凡颜色未必都是花一样。革命之所以于口号，标语，布告，电报，教科书……之外，要用文艺者，就因为它是文艺。（《文艺与革命》，《三闲集》，《全集4》P84）

其实，口号是口号，诗是诗，如果用进去还是好诗，用亦可，倘是坏诗，即和用不用都无关。譬如文学与宣传，原不过说：凡有文学，都是宣传，因为其中总不免传布着什么，但后来却有人解为文学必须故意做成宣传文字的样子了。诗必用口号，其误正等。

诗须有形式，要易记、易懂、易唱、动听，但格式不要太严。要有韵，但不必依旧诗韵，只要顺口就好。（《致蔡斐君/1935年9月20日》，《全集13》P220）

我以为感情正烈的时候，不宜做诗，否则锋铓太露，能将

"诗美"杀掉。(《两地书·三二》,《全集11》P97)

看看水果店之对付水果,何等随便,使果树看见,它一定要悲哀,我觉得作品也是如此,这真是无法可想。(《致章廷谦/1928年11月7日》,《全集11》P642)

旧瓶可以装新酒,新瓶也可以装旧酒,倘若不信,将一瓶五加皮和一瓶白兰地互换起来试试看,五加皮装在白兰地瓶子里,也还是五加皮。(《重三感旧》,《准风月谈》,《全集5》P325)

外来的东西,单取一件,是不行的,有汽车也须有好道路,一切事总免不掉环境的影响。文学——在中国的所谓新文学,所谓革命文学,也是如此。(《现今的新文学的概观》,《三闲集》,《全集4》P133)

各种文学,都是应环境而产生的,推崇文艺的人,虽喜欢说文艺足以煽起风波来,但在事实上,却是政治先行,文艺后变。(《现今的新文学的概观》,《三闲集》,《全集4》P134)

人说,讽刺和冷嘲只隔一张纸,我以为有趣和肉麻也一

样。（《后记》，《朝花夕拾》，《全集2》P328）

……中国向来不大有幽默。只是滑稽是有的，但这和幽默还隔着一大段，……中国之自以为滑稽文章者，也还是油滑，轻薄，猥亵之谈，和真的滑稽有别。（《"滑稽"例解》，《准风月谈》，《全集5》P342）

非写实决不能成为所谓"讽刺"；非写实的讽刺，即使能有这样的东西，也不过是造谣和诬蔑而已。（《论讽刺》，《且介亭杂文二集》，《全集6》P278）

然中国之所谓幽默，往往尚不脱《笑林广记》式，真是无可奈何。（《致陶亢德/1934年4月1日》，《全集12》P369）

中国究竟有无"幽默"作品？似乎没有。多是一些拙劣鄙野之类的东西。（《致增田涉/1932年5月13日》，《全集13》P485）

所谓中国的"幽默"是个难题，因"幽默"本非中国的东西。（《致增田涉/1932年10月2日》，《全集13》P499）

采用外国的良规，加以发挥，使我们的作品更加丰满是一条路；择取中国的遗产，融合新机，使将来的作品别开生面也是一条路。（《〈木刻纪程〉小引》，《且介亭杂文》，《全集6》P48）

诗歌不能凭仗了哲学和智力来认识，所以感情已经冰结的思想家，即对于诗人往往有谬误的判断和隔膜的揶揄。（《诗歌之敌》，《集外集拾遗》，《全集7》P236）

若文艺设法俯就，就很容易流为迎合大众，媚悦大众。迎合和媚悦，是不会于大众有益的。（《文艺的大众化》，《集外集拾遗》，《全集7》P349）

中国如果还会有文艺，当然先要以这样直说自己所本有的内容的著作，来打退骗局以后的空虚。因为文艺家至少是须有直抒己见的诚心和勇气的，倘不肯吐露本心，就更谈不到什么意识。（《叶永蓁作〈小小十年〉小引》，《三闲集》，《全集4》P147）

文学不借人，也无以表示"性"，一用人，而且还在阶级社会里，即断不能免掉所属的阶级性，无需加以"束缚"，实乃出于必然。自然，"喜怒哀乐，人之情也"，然而穷人决无开交易所折本的懊恼，煤油大王那会知道北京检煤渣老婆子身受的酸辛，饥区的灾民，大约总不去种兰花，像阔人的老太爷一样，贾府上的焦大，也不爱林妹妹的。（《"硬译"与"文学的阶级性"》，《二心集》，《全集4》P204）

不必问现在要什么，只要问自己能做什么。现在需要的是斗争的文学，如果作者是一个斗争者，那么，无论他写什么，写出来的东西一定是斗争的。就是写咖啡馆跳舞场罢，少爷们和革命者的作品，也决不会一样。（《致萧军/1934年10月9日》，《全集12》P532）

如果内容的充实，不与技巧并进，是很容易陷入徒然玩弄技巧的深坑里去的。（《致李桦/1935年2月4日》，《全集13》P45）

所以我的意见，以为一个艺术家，只要表现他所经验的就好了，当然，书斋外面是应该走出去的，倘不在什么旋涡中，那么，只表现些所见的平常的社会状态也好。日本的浮世绘[2]，何尝有什么大题目，但它的艺术价值却在的。（《致李桦/1935年2月4日》，《全集13》P45）

如果是战斗的无产者，只要所写的是可以成为艺术品的东西，那就无论他所描写的是什么事情，所使用的是什么材料，对于现代以及将来一定是有贡献的意义的。为什么呢？因为作者本身便是一个战斗者。（《关于小说题材的通信》，《二心集》，《全集4》P367）

总之，我的意思是：现在能写什么，就写什么，不必趋时，自然更不必硬造一个突变式的革命英雄，自称"革命文学"；但也不可苟安于这一点，没有改革，以致沉没了自己——也就是消灭了对于时代的助力和贡献。（《关于小说题材的通信》，《二心集》，《全集4》P369）

生在有阶级的社会里而要做超阶级的作家，生在战斗的时代而要离开战斗而独立，生在现在而要做给与将来的作品，这样的人，实在也是一个心造的幻影，在现实世界上是没有的。要做这样的人，恰如用自己的手拔着头发，要离开地球一样，他离不开，焦躁着，然而并非因为有人摇了摇头，使他不敢拔了的缘故。（《论"第三种人"》，《南腔北调集》，《全集4》P440）

中国文学从我看起来，可以分为两大类：（一）廊庙文学，这就是已经走进主人家中，非帮主人的忙，就得帮主人的闲；与这相对的是（二）山林文学。唐诗即有此二种。如果用现代话讲起来，是"在朝"和"下野"。后面这一种虽然暂时

无忙可帮，无闲可帮，但身在山林，而"心存魏阙"[3]。（《帮忙文学与帮闲文学》，《集外集拾遗》，《全集7》P383）

中国是隐士和官僚最接近的。那时很有被聘的希望，一被聘，即谓之征君；开当铺，卖糖葫芦是不会被征的。我曾经听说有人做世界文学史，称中国文学为官僚文学。看起来实在也不错。一方面固然由于文字难，一般人受教育少，不能做文章，但在另一方面看起来，中国文学和官僚也实在接近。（《帮忙文学与帮闲文学》，《集外集拾遗》，《全集7》P383）

必先使外国的新兴文学在中国脱离"符咒"气味，而跟着的中国文学才有新兴的希望——如此而已。（《〈现代新兴文学的诸问题〉小引》，《译文序跋集》，《全集10》P292）

英美的作品我少看，也不大喜欢。（《致江绍原/1927年11月20日》，《全集11》P597）

刚才看了一下目录，英德文学里实无相宜的东西：德作品都短，英作品多无聊（我和英国人是不对的）。我看波兰的《火与剑》或《农民》，倒可以译的，……（《致胡风/1935年5月17日》，《全集13》P128）

至于怎样的是中国精神，我实在不知道。就绘画而论，六朝以来，就大受印度美术的影响，无所谓国画了；元人的水墨山水，或者可以说是国粹，但这是不必复兴，而且即使复兴起来，也不会发展的。所以我的意思，是以为倘参酌汉代的石刻画像，明清的书籍插画，并且留心民间所赏玩的所谓"年画"，和欧洲的新法融合起来，许能够创出一种更好的版画。（《致李桦/1935年2月4日》，《全集13》P45）

新的艺术，没有一种是无根无蒂，突然发生的，总承受着先前的遗产，有几位青年以为采用便是投降，那是他们将"采用"与"模仿"并为一谈了。中国及日本画入欧洲，被人采取，便发生了"印象派"[4]，有谁说印象派是中国画的俘虏呢？专学欧洲已有定评的新艺术，那倒不过是模仿。"达达派"[5]是装鬼脸，未来派[6]也只是想以"奇"惊人，虽然新，但我们只要看Mayakovsky的失败（他也画过许多画），便是前车之鉴。既是采用，当然要有条件，例如为流行计，特别取了低级趣味之点，那不消说是不对的，这就是采取了坏处。必须令人能懂，而又有益，也还是艺术，才对。（《致魏猛克/1934年4月9日》，《全集12》P381）

所说的《现代版画》的内容小资产阶级的气分太重，固然不错，但这是意识如此，所以有此气分，并非因此而有"意识堕落之危险"，不过非革命的而已。但要消除此气分，必先改变这意识，这须由经验、观察、思索而来，非空言所能转变，如果硬装前进，其实比直抒他所固有的情绪还要坏。因为前者我们还可以看见社会中一部分人的心情的反映，后者便成为虚伪了。（《致李桦/1935年6月16日》，《全集13》P150）

木刻是一种作某用的工具，是不错的，但万不要忘记它是艺术。它之所以是工具，就因为它是艺术的缘故。斧是木匠的工具，但也要它锋利，如果不锋利，则斧形虽存，即非工具，但有人仍称之为斧，看作工具，那是因为他自己并非木匠，不知作工之故。（《致李桦/1935年6月16日》，《全集13》P151）

看画也要训练。十九世纪末的那些画派，不必说了。就是极平常的动植物图，我曾经给向来没有见过图画的村人看，他们也不懂。立体的东西变成平面，他们就万想不到会有这等事。（《致赖少麒/1935年6月29日》，《全集13》P162）

美术家固然须有精熟的技工，但尤须有进步的思想与高尚的人格。（《随感录·四十三》，《热风》，《全集1》P330）

鲁迅收藏的民间版画《老鼠娶亲》

鲁迅收藏的民间剪纸《盗灵芝》。

……青年向来有一恶习，即厌恶科学，便作文学家，不能作文，便作美术家，留长头发，放大领结，事情便算了结。较好者则好大喜功，喜看"未来派""立方派"[7]作品，而不肯作正正经经的画，刻苦用功。（《致姚克/1934年4月12日》，《全集12》P385）

185

我们中国的最伟大最永久，而且最普遍的艺术也就是男人扮女人。（《论照相之类》，《坟》，《全集1》P187）

办小刊物，我的意见是不要帖大广告，却不妨卖好货色；编辑要独裁，"一个和尚挑水吃，两个和尚抬水吃，三个和尚无水吃"，是中国人的老毛病，……（《致曹聚仁/1934年8月13日》，《全集12》P505）

凡有可怜的作品，正是代表了可怜的时代。（《七论"文人相轻"——两伤》，《且介亭杂文二集》，《全集6》P405）

我每每觉到文艺和政治时时在冲突之中；文艺和革命原不是相反的，两者之间，倒有不安于现状的同一。惟政治是要维持现状，自然和不安于现状的文艺处在不同的方向。（《文艺与政治的歧途》，《集外集》，《全集7》P113）

革命成功以后，闲空了一点；有人恭维革命，有人颂扬革命，这已不是革命文学。他们恭维革命颂扬革命，就是颂扬有权力者，和革命有什么关系？（《文艺与政治的歧途》，《集外集》，《全集7》P118）

我想：文学文学，是最不中用的，没有力量的人讲的；有实力的人并不开口，就杀人，被压迫的人讲几句话，写几个字，就要被杀；即使幸而不被杀，但天天呐喊，叫苦，鸣不平，而有实力的人仍然压迫，虐待，杀戮，没有方法对付他们，这文学于人们又有什么益处呢？

在自然界里也这样，鹰的捕雀，不声不响的是鹰，吱吱叫喊的是雀；猫的捕鼠，不声不响的是猫，吱吱叫喊的是老鼠；结果，还是只会开口的被不开口的吃掉。（《革命时代的文学》，《而已集》，《全集3》P417）

从指挥刀下骂出去，从裁判席上骂下去，从官营的报上骂开去，真是伟哉一世之雄，妙在被骂者不敢开口。而又有人说，这不敢开口，又何其怯也？对于无"杀身成仁"之勇，是第二条罪状，斯愈足以显革命文学家之英雄。所可惜者只在这文学并非对于强暴者的革命，而是对于失败者的革命。（《革命文学》，《而已集》，《全集3》P543）

上海去年嚷了一阵革命文学，由我看来，那些作品，其实都是小资产阶级观念的产物，有些则简直是军阀[阀]　脑子。（《致韦素园/1929年4月7日》，《全集11》P663）

……文艺究竟不同政治，小政客手腕是无用的。（《〈农夫〉译者附记》，《译文序跋集》，《全集10》P465）

革命文学现在不知怎地，又仿佛不十分旺盛了。他们的文字，和他们一一辩驳是不值得的，因为他们都是胡说。最好是他们骂他们的，我们骂我们的。（《致章延谦/1928年6月6日》，《全集11》P624）

文学史上，我没有见过用阴谋除去了文学上的敌手，便成为文豪的人。（《致韦素园/1931年2月2日》，《全集12》P35）

穷极，文是不能工的，可是金银又并非文章的根苗，它最好还是买长江沿岸的田地。然而富家儿总不免常常误解，以为钱可使鬼，就也可以通文。使鬼，大概是确的，也许还可以通神，但通文却不成，……官可捐，文人不可捐，有裙带官儿，却没有裙带文人的。（《后记》，《准风月谈》，《全集5》P384）

弄文学的人，只要（一）坚忍，（二）认真，（三）韧长，就可以了。不必因为有人改变，就悲观的。（《致胡今虚/1933年10月7日》，《全集12》P234）

188 太伟大的变动，我们会无力表现的，不过这也无须悲观，我们即使不能表现他的全盘，我们可以表现它的一角，巨大的建筑，总是一木一石叠起来的，我们何妨做做这一木一石呢？我时常做些另碎事，就是为此。（《致赖少麒/1935年6月29日》，《全集13》P162）

我说句老实话罢：我所遇见的随便谈谈的青年，我很少失望过，但哗啦哗啦大写口号理论的作家，我却觉得他大抵是呆鸟。（《致曹白/1936年10月15日》，《全集13》P446）

一个作者，"自卑"固然不好，"自负"也不好的，容易停滞。我想，顶好是不要自馁，总是干；但也不可自满，仍旧总是用功。要不然，输出多而输入少，后来要空虚的。（《致萧军/1935年4月12日》，《全集13》P110）

对于只想以笔墨问世的青年，我现在却敢据几年的经验，以诚恳的心，进一个苦口的忠告。那就是：不断的（！）努力一些，切勿想以一年半载，几篇文字和几本期刊，便立了空前绝后的大勋业。还有一点，是：不要只用力于抹杀别个，使他和自己一样的空无，而必须跨过那站着的前人，比前人更加高大。初初出阵的时候，幼稚和浅薄都不要紧，然而也须不断的（！）生长起来才好。并不明白文艺的理论而任意做些造谣生事的评论，写几句闲话便要扑灭异己的短评，译几篇童话就想抹杀一切的翻译，归根结蒂，于己于人，还都是"可怜无益费精神"的事，这也就是所谓"聪明误"了。（《鲁迅译著书目》，《三闲集》，《全集4》P184）

我想，普遍，永久，完全，这三件宝贝，自然是了不得的，不过也是作家的棺材钉，会将他钉死。（《答〈戏〉周刊编者信》，《且介亭杂文》，《全集6》P147）

中国历来的文坛上，常见的是诬陷，造谣，恐吓，辱骂，翻一翻大部的历史，就往往可以遇见这样的文章，直到现在，还在应用，而且更加厉害。但我想，这一份遗产，还是都让给叭儿狗文艺家去承受罢，我们的作者倘不竭力的抛弃了它，是会和他们成为"一丘之貉"的。（《辱骂和恐吓决不是战斗》，《南腔北调集》，《全集4》P452）

批评家的职务不但是剪除恶草，还得灌溉佳花，——佳花

的苗。（《并非闲话（三）》，《华盖集》，《全集3》P152）

批评家的错处，是在乱骂与乱捧，例如说英雄是娼妇，举娼妇为英雄。（《骂杀与捧杀》，《花边文学》，《全集5》P585）

我每当写作，一律抹杀各种的批评。因为那时中国的创作界固然幼稚，批评界更幼稚，不是举之上天，就是按之入地，倘将这些放在眼里，就要自命不凡，或觉得非自杀不足以谢天下的。批评必须坏处说坏，好处说好，才于作者有益。（《我怎么做起小说来》，《南腔北调集》，《全集4》P514）

其实是作文"藏之名山"的时代一去，而有一个"坛"，便不免有斗争，甚而至于谩骂，诬陷的。（《"中国文坛的悲观"》，《准风月谈》，《全集5》P247）

历史决不倒退，文坛是无须悲观的。悲观的由来，是在置身事外不辨是非，而偏要关心于文坛，或者竟是自己坐在没落的营盘里。（《"中国文坛的悲观"》，《准风月谈》，《全集5》P248）

为人类的艺术，别的力量是阻挡不住的。（《写于深夜里》，《且介亭杂文末编》，《全集6》P501）

《域外小说集》。鲁迅、周作人在日本时合
译出版。1920年由上海群益书店重印。

《域外小说集》。鲁迅与周作人合作翻译，1909年在东京出版发行。鲁迅设计封面，陈师曾题写书名。

[1]　撄：触动，打动。

[2]　浮世绘：日本德川时代（也称江户时代，1603—1867）兴起的一
种民间绘画。浮世，现世之意，绘画故题材多取民间风俗、俳优、武士、
游女、风景等，艺术上一般以线条明快、色彩鲜艳为特色。浮世绘曾
在日本广为流传，至十八世纪末逐渐衰落。

[3]　心存魏阙：语出《庄子·让王》："身在江海之上，心居乎魏阙之下。"
魏阙，古代官门外的建筑，后来用作朝廷的代称。

[4]　印象派：十九世纪后期产生于法国的一个艺术流派。该派反对学
院派的保守画风，采取在户外阳光下直接描绘景物的方法，追求光色
变化的效果，强调瞬间印象，故称。

[5]　达达派：通称达达主义，第一次世界大战期间流行于瑞士、美国、
法国的一个文艺流派。"达达"（dada）原是法语中幼儿语言的"马"，
取作文艺流派的名称，表示"毫无意义""无所谓"。该派对文化传统、
现实生活、艺术规律采取极端反叛、虚无的态度，反映了当时青年一
代的精神状态。

[6]　未来派：西方的一种现代文艺思潮和流派。二十世纪初发端于意
大利，随后波及俄国，在法、英、德、波兰也有影响。该派否定文化
传统和现存秩序，强调"现代感觉""机械文明"，赞美"进取性的运
动""速度的美"与"力量"。1926 年，在意大利得到墨索里尼的支持，
成为宣传暴力政策和战争政策的工具。

[7]　立方派：通译立体派，或称立体主义。现代西方的一种艺术流派。
开始于二十世纪初，形成于法国，主要表现在绘画方面，对诗歌创作

也有一定影响。该派作品强调结构分析，摒弃传统艺术的表现方法，肢解自然形态，而取从上下左右前后内外去观察的方法，以构成事物的新形态。但因此，有的作品陷于玩弄立方的形式游戏，开了抽象主义几何派的先河。

194

关于现代人物

孙中山

中山[1]先生的一生历史具在，站出世间来就是革命，失败了还是革命；中华民国成立之后，也没有满足过，没有安逸过，仍然继续着进向近于完全的革命的工作。直到临终之际，他说道：革命尚未成功，同志仍须努力！

……他是一个全体，永远的革命者。无论所做的那一件，全都是革命。无论后人如何吹求他，冷落他，他终于全都是革命。（《中山先生逝世后一周年》，《集外集拾遗》，《全集7》P293）

中山革命一世，虽只往来于外国或中国之通商口岸，足不履危地，但究竟是革命一世，至死无大变化，在中国总还算是好人。（《致杨霁云/1935年2月24日》，《全集13》P65）

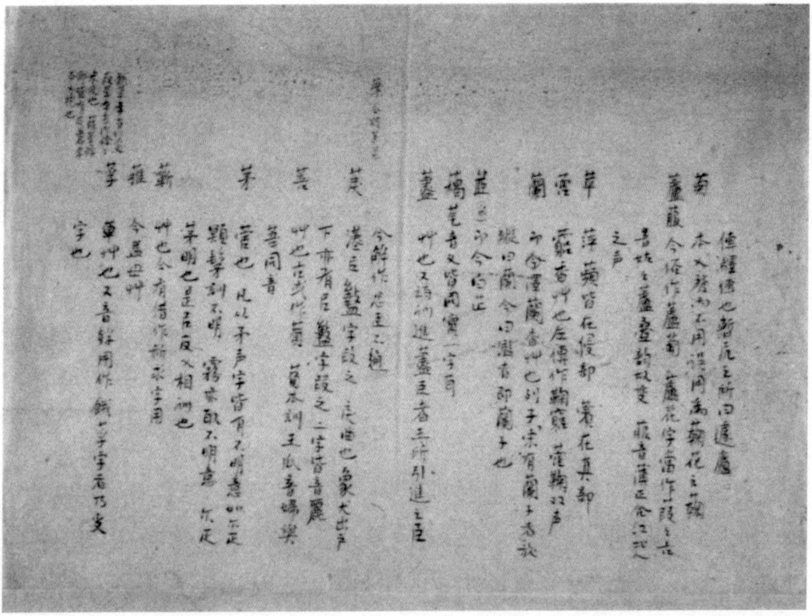

1908年夏，鲁迅与许寿裳、周作人、钱玄同等人赴民报社听章太炎讲解文字学。这是鲁迅的听讲笔记。

章太炎

太炎[2]先生虽先前也以革命家现身，后来却退居于宁静的学者，用自己所手造的和别人所帮造的墙，和时代隔绝了。……

我以为先生的业绩，留在革命史上的，实在比在学术史上还要大。（《关于太炎先生二三事》，《且介亭杂文末编》，《全集6》P545）

太炎先生曾教我小学，后来因为我主张白话，不敢再去见他了，后来他主张投壶[3]，心窃非之，但当国民党要没收他的几间破屋，我实不能向当局作媚笑。（《致曹聚仁／1933年6月18日》，《全集12》P185）

章士钊

至于今之教育当局，则我不知其人。但看他[4]挽孙中山对联中之自夸，与对于完全"道不同"之段祺瑞之密切，为人亦可想而知。所闻的历来的言行，盖是一大言无实，欺善怕恶之流而已。要之，能在这昏浊的政局中，居然出为高官，清流大约无这种手段。（《两地书·一五》，《全集11》P53）

章士钊将我免职[5]，我倒并没有你似的觉得诧异，他那对于学校的手段，我也并没有你似的觉得诧异，因为我本就没有预期章士钊能做出比现在更好的事情来。……你先有了一种无端的迷信，将章士钊当作学者或智识阶级的领袖看，于是从他的行为上感到失望，发生不平，其实是作茧自缚；他这人本来就只能这样，有着更好的期望倒是你自己的误谬。（《答KS君》，《华盖集》，《全集3》P111）

《甲寅》第一次出版时，我想，大约章士钊还不过熟读了几十篇唐宋八大家[6]文，所以模仿吞剥，看去还近于清通。至于这一回，却大大地退步了，关于内容的事且不说，即以文章论，就比先前不通得多，连成语也用不清楚，如"每下愈况"之类。……这种东西，用处只有一种，就是可以借此看看社会的暗角落里，有着怎样灰色的人们，以为现在是攀附显现的时候了，也都吞吞吐吐的来开口，……倘说这是复古运动的代表，那可是只见得复古派的可怜，不过以此当作讣闻，公布文言文的气绝罢了。

所以，即使真如你所说，将有文言白话之争，我以为也该是争的终结，而非争的开头，因为《甲寅》不足称为敌手，也无所谓战斗。（《答KS君》，《华盖集》，《全集3》P112）

蔡元培

太史[7]之类，不过傀儡，其实是不在话下的。……我以为该太史在中国无可为。（《致章廷谦/1927年12月9日》，《全集11》P603）

蔡先生确是一个很念旧知的人，……（《致章廷谦/1930年3月27日》，《全集12》P9）

陈独秀

其时最惹我注意的是陈独秀[8]和胡适之[9]。假如将韬略比作一间仓库罢，独秀先生的是外面竖一面大旗，大书道："内皆武器，来者小心！"但那门却开着的，里面有几枝枪，几把刀，一目了然，用不着提防。适之先生的是紧紧的关着门，门上粘一条小纸条道："内无武器，请勿疑虑。"这自然可以是真的，但有些人——至少是我这样的人——有时总不免要侧着头想一想。半农却是令人不觉其有"武库"的一个人，所以我佩服陈胡，却亲近半农[10]。（《忆刘半农君》，《且介亭杂文》，《全集6》P72））

这里我必得记念陈独秀先生，他是催促我做小说最着力的

一个。（《我怎么做起小说来》，《南腔北调集》，《全集4》
P512）

胡 适

今天寄到一本《红玫瑰》[11]，陈西滢和凌叔华的照片都
登上了。胡适之的诗载于《礼拜六》[12]，他们的像见于《红玫
瑰》，时光老人的力量，真能逐渐的显出"物以类聚"的真
实。（《两地书·一二一》，《全集11》P293）

看在上海的情形，萧[13]是确不喜欢人欢迎他的，但胡博士
的主张，却别有原因，简言之，就是和英国绅士（英国人是颇
嫌萧的）一鼻孔出气。他平日所交际恭维者何种人，而忽深恶
富家翁耶？（《致台静农/1933年3月1日》，《全集12》P155）

但有一件事，好像我们这里的智识者们确是明白起来了，
这是可以乐观的。对于什么言论自由的通电[14]，不是除胡适之
外，没有人来附和或补充么？这真真好极妙极。（《致杨霁云
/1934年12月16日》，《全集12》P603）

新月博士[15]常发谬论，都和官僚一鼻孔出气，南方已无人
信之。（《致曹靖华/1936年1月5日》，《全集13》P283）

征服中国民族的心[16]，这是胡适博士给中国之所谓王道所下的定义，然而我想，他自己恐怕也未必相信自己的话的罢。在中国，其实是彻底的未曾有过王道，"有历史癖和考据癖"[17] 的胡博士，该是不至于不知道的。（《关于中国的两三件事》，《且介亭杂文》，《全集6》P9）

钱玄同

疑古玄同[18]，据我看来，和他的令兄一样性质，好空谈而不做实事，是一个极能取巧的人，他的骂詈，也是空谈，恐怕连他自己也不相信他自己的话，世间竟有倾耳而听者，因其是昏虫之故也。

（《致章廷谦/1930年2月22日》，《全集12》P4）

刘半农

但半农的活泼，有时颇近于草率，勇敢也有失之无谋的地方。但是，要商量袭击敌人的时候，他还是好伙伴，进行之际，心口并不相应，或者暗暗的给你一刀，他是决不会的。倘若失了算，那是因为没有算好的缘故。（《忆刘半农君》，《且介亭杂文》，《全集6》P71）

我爱十年前的半农，而憎恶他的近几年。这憎恶是朋友的憎恶，因为我希望他常是十年前的半农，他的为战士，即使"浅"罢，却于中国更为有益。我愿以愤火照出他的战绩，免使一群陷沙鬼将他先前的光荣和死尸一同拖入烂泥的深渊。（《忆刘半农君》，《且介亭杂文》，《全集6》P73）

李大钊

总之，给我的印象是很好的：诚实，谦和，不多说话。《新青年》的同人中，虽然也很有喜欢明争暗斗，扶植自己势力的人，但他[19]一直到后来，绝对的不是。（《〈守常全集〉题记》，《南腔北调集》，《全集4》P523）

在《新青年》时代，我虽以他为站在同一战线上的伙伴，却并未留心他的文章，譬如骑兵不必注意于造桥，炮兵无须分神于驭马，那时自以为尚非错误。所以现在所能说的，也不过：一、是他的理论，在现在看起来，当然未必精当的；二、是虽然如此，他的遗文却将永住，因为这是先驱者的遗产，革命史上的丰碑。（《〈守常全集〉题记》，《南腔北调集》，《全集4》P524）

瞿秋白

中国人先在自己把好人杀完，秋[20]即其一。

……中文俄文都好，像他那样的，我看中国现在少有。（《致萧军/1935年6月27日》，《全集13》P158）

它事[21]极确，上月弟曾得确信，然何能为。这在文化上的损失，真是无可比喻。（《致曹靖华/1935年5月22日》，《全集13》P132）

《现实》中的论文，有些已较旧，有些是公谟学院[22]中的人员所作，因此不免有学者架子，原是属于"难懂"这一类的。但译这类文章，能如史铁儿之清楚者，中国尚无第二人，单是为此，就觉得他死得可惜。（《致曹白/1936年10月15日》，《全集13》P446）

梁实秋

在梁先生[23]，也许以为给主子嗅出匪类（"学匪"），也就是一种"批评"，然而这职业，比起"刽子手"来，也就更加下贱了。（《"丧家的""资本家的乏走狗"》，《二心集》，《全集4》P247）

顾颉刚

在国学院里的，朱山根[24]是胡适之的信徒，另外还有两三个，好像都是朱荐的，和他大同小异，而更浅薄，……他们面目倒漂亮的，而语言无味，夜间还要玩留声机，什么梅兰芳之类。（《两地书·四二》，《全集11》P119）

204

此地所请的教授，我和兼士之外，还有朱山根。这人是陈源之流，我是早知道的，现在一调查，则他所安排的羽翼，竟有七人之多，先前所谓不问外事，专一看书的舆论，乃是全都为其所骗。他已在开始排斥我，说我是"名士派"，可笑。好在我并不想在此挣帝王万世之业，不去管他了。（《两地书·四八》，《全集11》P135）

鼻君似仍颇仆仆道途，可叹。此公急于成名，又急于得势，所以往往难免于"道大莫能容"。（《致章廷谦/1929年3月15日》，《全集11》P655）

至于鼻公，乃是必然的事，他不在厦门兴风，便在北平作浪，天生一副小娘脾气，磨了粉也不会改的。疑古亦此类，所以较可以情投意合。（《致章廷谦/1930年2月22日》，《全集12》P4）

三根是必显神通的，但至今始显，已算缓慢。此公遍身谋略，凡与接触者，定必麻烦，倘与周旋，本亦不足惧，然别人那有如许闲工夫。……最好是不与相涉，否则钩心斗角之事，层出不穷，真使人不胜其扰。其实，他是有破坏而无建设的，只要看他的《古史辨》，已将古史"辨"成没有，自己也不再有路可走，只好又用老手段了。（《致郑振铎/1934年7月6日》，《全集12》P477）

营植排挤，本是三根惟一之特长，我曾领教过两回，令人如穿湿布衫，虽不至于气绝，却浑身不舒服，所以避之惟恐不速。（《致郑振铎/1935年1月8日》，《全集13》P11）

周作人

周作人[25]自寿诗[26]，诚有讽世之意，然此种微辞，已为今之青年所不憭，群公相和，则多近于肉麻，于是火上添油，遂成众矢之的，而不作此等攻击文字，此外近日亦无可言。此亦"古已有之"，文人美女，必负亡国之责，近似亦有人觉国之将亡，已在卸责于清流或舆论矣。（《致曹聚仁/1934年4月30日》，《全集12》P397）

1927年10月4日摄于上海。前排左起：周建人、许广平、鲁迅；后排左起：孙福熙、林语堂、孙伏园。

至于周作人之诗，其实是还藏些对于现状的不平的，但太隐晦，已为一般读者所不憭，加以吹擂太过，附和不完，致使大家觉得讨厌了。（《致杨霁云/1934年5月6日》，《全集12》P403）

林语堂

文坛，则刊物杂出，大都属于"小品"。此为林公语堂所提倡，盖骤见宋人语录，明人小品，所未前闻，遂以为宝，而其作品，则已远不如前矣。如此下去，恐将与老舍[27]半农归于一丘，其实，则真所谓"是亦不可以已乎"者也。（《致台静农/1934年6月18日》，《全集12》P459）

……语堂为提倡语录体，在此几成众矢之的，然此公亦诚太浅陋也。（《致许寿裳/1935年3月23日》，《全集13》P91）

苏雪林

中国文人的私德，实在是好的多，所以公德，也是好的多，一动也不敢动。白璧德and亚诺德[28]，方兴未艾，苏夫人[29]殊不必有杞天之虑也。该女士我大约见过一回，盖即将出"结婚纪念册"者欤？

（《致章廷谦/1928年3月14日》，《全集11》P615）

梁漱溟

梁漱溟[30]已为委员，我看他是要阔的。（《致章廷谦/1927年9月19日》，《全集11》P576）

马寅初

……马寅初[31]博士到厦门来演说，所谓"北大同人"，正在发昏章第十一[32]，排班欢迎。我固然是"北大同人"之一，也非不知银行之可以发财，然而于"铜子换毛钱，毛钱换大洋"学说，实在没有什么趣味，所以都不加入，一切由它去罢。（《两地书·五八》，《全集11》P163）

至于学校方面，则这几天正在大敷衍马寅初。昨天浙江学生欢迎他，硬要拖我去一同照相，我竭力拒绝，他们颇以为怪。呜呼，我非不知银行之可以发财也，其如"道不同不相为谋"何。（《两地书·六六》，《全集11》P183）

梅兰芳

梅兰芳[33]不是生，是旦，不是皇家的供奉，是俗人的宠儿，这就使士大夫敢于下手了。士大夫是常要夺取民间的东西的，将竹枝词改成文言，将"小家碧玉"作为姨太太，但一沾着他们的手，这东西也就跟着他们灭亡。他们将他从俗众中提出，罩上玻璃罩，做起紫檀架子来。教他用多数人听不懂的话，缓缓的《天女散花》，扭扭的《黛玉葬花》，……雅是雅了，但多数人看不懂，不要看，还觉得自己不配看了。

…………

他未经士大夫帮忙时候所做的戏，自然是俗的，甚至于猥下，肮脏，但是泼刺，有生气。待到化为"天女"，高贵了，然而从此死板板，矜持得可怜。看一位不死不活的天女或林妹妹，我想，大多数人是倒不如看一个漂亮活动的村女的，她和我们相近。（《略论梅兰芳及其他（上）》，《花边文学》，《全集5》P579）

刘海粟

"刘大师"[34]的那一个展览会，我没有去看，但从报上，知道是由他包办的，包办如何能好呢？听说内容全是"国画"，现在的"国画"，一定是贫乏的，但因为欧洲人没有看惯，莫名

其妙，所以这回也许要"载誉归来"，像徐悲鸿之在法国一样。（《致吴渤/1933年11月16日》，《全集12》，P275）

郭沫若

210

这些（以前的）人身攻击的文字中，有卢冀野作，有郭沫若[35]的化名之作[36]，先生一定又大吃一惊了罢，但是，人们是往往这样的。（《致杨霁云/1934年5月15日》，《全集12》P410）

我对于郭沫若先生的翻译，不大放心，他太聪明，又大胆。（《致孟十还/1934年12月6日》，《全集12》P582）

郭君要说些什么罢？这位先生是尽力保卫自己光荣的旧旗的豪杰。（《致增田涉/1935年2月6日》，《全集13》P619）

郑振铎

郑君[37]锋铓太露而昧于中国社会情形，蹉跌自所难免。（《致台静农/1932年6月5日》，《全集12》P89）

郑君治学，盖用胡适之法，往往恃孤本秘笈，为惊人之具，此实足以炫耀人目，其为学子所珍赏，宜也。（《致台静

农/1932年8月15日》，《全集12》P102）

因《译文》之天[38]，郑君有下石之嫌疑也。（《致台静农/1935年12月3日》，《全集13》P260）

谛君之事，报载未始无因，《译文》之停刊，颇有人疑他从中作怪，而生活书店貌作左倾，一面压迫我辈，故我退开。（《致曹靖华/1935年12月19日》，《全集13》P271）

谛君曾经"不可一世"，但他的阵图，近来崩溃了，许多青年作家，都不满意于他的权术，远而避之。（《致曹靖华/1936年4月1日》，《全集13》P340）

茅　盾

这里在弄作家协会[39]，先前的友和敌，都站在同一阵图里了，内幕如何，不得而知，指挥的或云是茅[40]与郑[41]，其积极，乃为救《文学》[42]也。我鉴于往日之给我的伤，拟不加入，但此必将又成一大罪状，听之而已。（《致曹靖华/1936年4月23日》，《全集13》P361）

此间莲姊家[43]已散，化为傅[44]、郑所主持的大家族，实则藉此支持《文学》而已，毛姑[45]似亦在内。旧人颇有往者，对我大肆攻击，以为意在破坏。（《致曹靖华/1936年5月3日》，《全集13》P366）

郁达夫

我和达夫[46]先生见面得最早，脸上也看不出那么一种创造气，所以相遇之际，就随便谈谈；对于文学的意见，我们恐怕是不能一致的罢，然而所谈的大抵是空话。（《〈伪自由书〉前记》，《全集5》P3）

达夫那一篇文[47]，的确写得好；他的态度，比忽然自称"第四阶级文学家"的好得多了。（《致章廷谦/1928年3月14日》，《全集11》P615）

田 汉

……又有一个朋友（即田君[48]，兄见过的），化名绍伯，说我已与杨邨人合作，是调和派，被人诘问，他说这文章不是他做的。但经我公开的诘责时，他只得承认是自己所作。不过他说：这篇文章，是故意冤枉我的，为的是想我愤怒起来，去攻击杨邨人，不料竟回转来攻击他，真出于意料之外云云。这种战法，我真是想不到。他从背后打我一鞭，是要我生气，去打别人一鞭，现在我竟夺住了他的鞭子，他就"出于意料之外"了。从去年下半年来，我总觉有几个人倒和"第三种人"一气，恶意的在拿我做玩具。（《致曹靖华/1935年2月7日》，《全集13》P47）

近十年来，为文艺的事，实已用去不少精力，而结果是受伤。认真一点，略有信用，就大家来打击。去年田汉作文说我是调和派，我作文诘问，他函答道，因为我名誉好，乱说也无害的。后来他变成这样，我们的"战友"之一却为他辩护道，他有大计画，比刻不能定论。我真觉得不是巧人，在中国是很难存活的。（《致曹靖华/1936年4月23日》，《全集13》P362）

张资平

至于张公[49]，则伎俩高出万倍，即使加以猛烈之攻击，也决不会倒，他方法甚多，变化如意，近四年中，忽而普罗，忽而民主，忽而民族，尚在人记忆中，然此反复，于彼何损。

文章的战斗，大家用笔，始有胜负可分，倘一面另用阴谋，即不成为战斗，而况专持粪帚乎？然此公实已道尽途穷，此后非带些吧儿与无赖气息，殊不足以再有刊物上（刊物上耳，非文学上也）的生命。（《致黎烈文/1933年7月14日》，

《全集12》P198）

施蛰存

　　我和施蛰存[50]的笔墨官司，真是无聊得很，这种辩论[51]，五四运动时候早已闹过的了，而现在又来这一套，非倒退而何。我看施君也未必真研究过《文选》[52]，不过以此取悦当道，假使真有研究，决不会劝青年到那里面去寻新字汇的。此君盖出自商家，偶见古书，遂视为奇宝，正如暴发户之偏喜摆士人架子一样，试看他的文章，何尝有一些"《庄子》[53]与《文选》"气。（《致姚克/1933年11月5日》，《全集12》P255）

　　"谈言"[54]上那一篇[55]早见过，十之九是施蛰存做的。但他握有编辑两种杂志[56]之权，几曾反对过封建文化，又何曾有谁不准他反对，又怎么能不准他反对。这种文章，造谣撒谎，不过越加暴露了卑怯的叭儿本相而已。（《致徐懋庸/1934年7月17日》，《全集12》P488）

胡　风

　　我倒明白了胡风[57]鲠直，易于招怨，是可接近的，而对于周起应[58]之类，轻易诬人的青年，反而怀疑以至憎恶起来了。
（《答徐懋庸并关于抗日统一战线问题》，《全集6》P535）

巴　金

巴金[59]是一个有热情的有进步思想的作家，在屈指可数的好作家之列的作家……（《答徐懋庸并关于抗日统一战线问题》，《全集6》P536）

徐懋庸

不料还是发病，而且正因为不入协会，群仙就大布围剿阵，徐懋庸[60]也明知我不久之前，病得要死，却雄赳赳首先打上门来也。

………………

其实，写这信的虽是他一个，却代表着某一群，试一细续，看那口气，即可了然。（《致杨霁云/1936年8月28日》，《全集13》P416）

如徐懋庸，他横暴到忘其所以，竟用"实际解决"来恐吓我了，则对于别的青年，可想而知。他们自有一伙，狼狈为

奸，把持着文学界，弄得乌烟瘴气。（《致王冶秋/1936年9月
15日》，《全集13》P426）

周　扬

216

　　《社会日报》[61]第三版，粗粗一看，好像有许多杂牌人马
投稿，对于某一个人，毁誉并不一致，而其实则有统系。我已
连看了两个月，未曾发现过对于周扬之流的一句坏话，大约总
有"社会关系"的。（《致沈雁冰/1936年1月8日》，《全集
13》P287）

　　以我自己而论，总觉得缚了一条铁索，有一个工头[62]在
背后用鞭子打我，无论我怎样起劲的做，也是打，而我回头去
问自己的错处时，他却拱手客气的说，我做得好极了，他和我
感情好极了，今天天气哈哈哈……真常常令我手足无措，我不
敢对别人说关于我们的话，对于外国人，我避而不谈，不得已
时，就撒谎。你看这是怎样的苦境？（《致胡风/1935年9月12
日》，《全集13》P211）

　　有些手执皮鞭，乱打苦工的背脊，自以为在革命的大人
物，我深恶之，他其[实]是取了工头的立场而已。（《致曹靖华
/1936年5月15日》，《全集13》P379）

　　我看你也还是加入的好，一个未经世故的青年，真可以被逼得发疯的。加入以后，倒未必有什么大麻烦，无非帮帮所谓指导者攻击某人，抬高某人，或者做点较费力的工作，以及听些谣言。……假使中途来了压迫，那么，指导的英雄一定首先销声匿迹，或者声明脱离，和小会员更不相干了。（《致时玳/1936年5月25日》，《全集13》P384）

217

　　我本是常常出门的，不过近来知道了我们的元帅深居简出，只令别人出外奔跑，所以我也不如只在家里坐了。记得托尔斯泰的什么小说说过，小兵打仗，是不想到危险的，但一看见大将面前防弹的铁板，却就也想到了自己，心跳得不敢上前了。但如元帅以为生命价值，彼此不同，那我也无话可说，只好被打军棍。（《致胡风/1935年6月28日》，《全集13》P160）

　　现在元帅和"忏悔者"[63]们的联络加紧（所以他们的话，在我们里面有大作用），进攻的阵线正在展开，真不知何时才见晴朗。（《致胡风/1935年9月12日》，《全集13》P211）

《伪自由书》。收1933年1月至5月
在《申报·自由谈》上发表的杂
文43篇。1933年10月由北新书局以
"青光书局"名义出版。1936年曾
由上海联华书局改名为《不三不四
集》印行一版。

新月社

新月社[64]中的批评家，是很不以不满于现状的人为然的，但只不满于一种现状，是现在竟有不满于现状者。

…………

譬如，杀人，是不行的。但杀掉"杀人犯"的人，虽然同是杀人，又谁能说他错？打人，也不行的。但大老爷要打斗殴犯人的屁股时，皂隶来一五一十的打，难道也算犯罪么？新月社批评家虽然也有嘲骂，也有不满，而独能超然于嘲骂和不满的罪恶之外者，我以为就是这一个道理。（《新月社批评家的任务》，《三闲集》，《全集4》P159）

看《红楼梦》[65]，觉得贾府上是言论颇不自由的地方。焦大以奴才的身分，仗着酒醉，从主子骂起，直到别的一切奴才，说只有两个石狮子干净。结果怎样呢？结果是主子深恶，奴才痛嫉，给他塞了一嘴马粪。

其实是，焦大的骂，并非要打倒贾府，倒是要贾府好，不过说主奴如此，贾府就要弄不下去罢了。……

三年前的新月社诸君子，不幸和焦大有了相类的境遇[66]。他们引经据典，对于党国有了一点微词，虽然引的大抵是英国经典，但何尝有丝毫不利于党国的恶意，不过说："老爷，人家的衣服多么干净，您老人家的可有些儿脏，应该洗它

一洗"罢了。……（《言论自由的界限》，《伪自由书》，
《全集5》P115）

以硬自居了，而实则其软如棉，正是新月社的一种特色。
（《"硬译"与"文学的阶级性"》，《二心集》，《全集4》
P196）

新月社的"严正态度"，"以眼还眼"法，归根结蒂，
是专施之力量相类，或力量较小的人的，倘给有力者打肿了
眼，就要破例，只举手掩住自己的脸，叫一声"小心你自己的
眼睛！"（《"硬译"与"文学的阶级性"》，《二心集》，
《全集4》P212）

新月书店我怕不大开得好，内容太薄弱了。虽然作者多
是教授，但他们发表的论文，我看不过日本的中学生程度。真
是如何是好。（《致章廷谦/1927年12月26日》，《全集11》
P605）

《新月》忽而大起劲，这是将代《现代评论》[67]而起，
为政府作"诤友"，因为《现代》曾为老段诤友，不能再露面
也。（《致章廷谦/1929年8月17日》，《全集11》P682）

语丝社

　　于是《语丝》[68]的固定的投稿者，至多便只剩了五六人，但同时也在不意中显了一种特色，是：任意而谈，无所顾忌，要催促新的产生，对于有害于新的旧物，则竭力加以排击，——但应该产生怎样的"新"，却并无明白的表示，而一到觉得有些危急之际，也还是故意隐约其词。（《我和〈语丝〉的始终》，《三闲集》，《全集4》P166）

　　不愿意在有权者的刀下，颂扬他的威权，并奚落其敌人来取媚，可以说，也是"语丝派"一种几乎共同的态度。（《我和〈语丝〉的始终》，《三闲集》，《全集4》P169）

　　……《语丝》是又有爱登碰壁人物的牢骚的习气的，……（《我和〈语丝〉的始终》，《三闲集》，《全集4》P169）

　　语丝派的人，先前确曾和黑暗战斗，但他们自己一有地位，本身又便变成黑暗了，一声不响，专用小玩意，来抖抖的把守饭碗。（《致章廷谦/1930年2月22日》，《全集12》P5）

创造社

……尤其是成仿吾[69]先生，将革命使一般人理解为非常可怕的事，摆着一种极左倾的凶恶的面貌，好似革命一到，一切非革命者就都得死，令人对革命只抱着恐怖。……这种令人"知道点革命的厉害"，只图自己说得畅快的态度，也还是中了才子+流氓的毒。（《上海文艺之一瞥》，《二心集》，《全集4》P297）

"革命"和"文学"，若断若续，好像两只靠近的船，一只是"革命"，一只是"文学"，而作者的每一只脚就站在每一只船上面。当环境较好的时候，作者就在革命这一只船上踏得重一点，分明是革命者，待到革命一被压迫，则在文学的船上踏得重一点，他变了不过是文学家了。（《上海文艺之一瞥》，《二心集》，《全集4》P298）

我一向很回避创造社[70]里的人物。这也不只因为历来特别的攻击我，甚而至于施行人身攻击的缘故，大半倒在他们的一副"创造脸"。虽然他们之中，后来有的化为隐士，有的化为富翁，有的化为实践的革命者，有的也化为奸细，而在"创造"这一面大纛之下的时候，却总是神气十足，好像连出汗打嚏，也全是"创造"似的。（《伪自由书·前记》，《全集5》P3）

以史底惟物论批评文艺的书，我也曾看了一点，以为那是极直捷爽快的，有许多昧暧难解的问题，都可说明。但近来创造社一派，却主张一切都非依这史观来著作不可，自己又不懂，弄得一榻胡涂，但他们近来忽然都又不响了，胆小而要革命。（《致韦素园/1928年7月22日》，《全集11》P629）

左联

其实，左联[71]开始的基础就不大好，因为那时没有现在似的压迫，所以有些人以为一经加入，就可以称为前进，而又并无大危险的，不料压迫来了，就逃走了一批。这还不算坏，有的竟至于反而卖消息去了。人少倒不要紧，只要质地好，而现在连这也做不到。（《致萧军、萧红/1934年12月10日》，《全集12》P593）

三郎[72]的事情，我几乎可以无须思索，说出我的意见来，是：现在不必进去。最初的事，说起来话长了，不论它；就是近几年，我觉得还是在外围的人们里，出几个新作家，有一些新鲜的成绩，一到里面去，即酱在无聊的纠纷中，无声无息。（《致胡风/1935年9月12日》，《全集13》P211）

鲁迅主编及参与编辑、指导青年编辑的部分
刊物。

鲁迅主编及参与编辑、指导青年编辑的部分
刊物。

我看作家协会一定小产，不会像左联，虽镇压，却还有些人剩在地底下的。（《致沈雁冰/1936年2月14日》，《全集13》P307）

我们×××[73]里，我觉得实做的少，监督的太多，个个想做"工头"，所以苦工就更加吃苦。（《致王冶秋/1936年4月5日》，《全集13》P349）

注　释

[1]　中山：即孙中山（1866—1925），名文，号逸仙，广东香山（今中山）人，中国伟大的革命先行者。1892年于香港西医书院毕业后曾一度行医，1894年上书李鸿章，提出革新政治的主张，被拒后赴檀香山组织兴中会，组织反清武装起义。1905年在日本组成中国同盟会，被推为总理，确定"驱除鞑虏，恢复中华，建立民国，平均地权"的革命政纲，提出"民族、民权、民生"的三民主义学说，创办《民报》，宣传革命。此后，在国内外发展革命组织，多次发动武装起义。1911年10月10日发动并领导辛亥革命，推翻了清王朝。12月9日被推选为中华民国临时大总统，次年因革命党人与袁世凯妥协，被迫去职。1914年在日本建立中华革命党，1919年改组为中国国民党，1921年在广州就任

非常大总统。1924 年 1 月，召开中国国民党"一大"，确立联俄、联共、扶助农工的三大政策，实现第一次国共合作。同年 11 月应邀北上讨论国事，发表《北上宣言》，提出"召开国民会议和废除不平等条约"，同帝国列强和北洋军阀作斗争。1925 年 3 月 12 日在北京病逝。遗著编有《孙中山全集》等。

[2]　章太炎：即章炳麟（1869—1936），号太炎，浙江余杭人。近代民主革命家、学者。早年从俞樾学习经史，后因参加维新运动而遭通缉，先后流亡台湾、日本。后返回上海，宣传革命，曾被捕下狱。1906 年出狱后前往日本，参加同盟会，主编《民报》，发起与改良派论战，同时举办国学讲习会，讲授文字学。1912 年在上海成立中华民国联合会，任会长，刊行《大共和日报》。后参加共和党，拥护袁世凯。宋教仁被刺后，策动讨袁，被袁世凯软禁，袁死后获释。五四运动后，思想更趋保守，反对新文化运动，反对孙中山的革命政策，宣传"尊孔读经"。1931 年"九一八"事变后，主张抗日救国。1934 年迁居苏州，次年设立国学讲习会，出版《制言》杂志。著有《章氏丛书》等多种。

[3]　投壶：古代宴会时的一种娱乐。宾主依次投矢壶中，负者饮酒。

[4]　他：指章士钊（1881—1973），字行严，湖南长沙人，曾先后留学日本和德国。清末任上海《苏报》主笔，参加反清革命活动。五四运动后，他是一个复古主义者。1924—1926 年间，任段祺瑞执政府司法总长兼教育总长、参与镇压学生运动和群众斗争；并出版《甲寅周刊》，提倡尊孔读经，反对新文化运动。1931 年起在上海从事律师业务。1935—1936 年任冀察政务委员会委员兼法制委员会主席。抗日战争时期，任国民参政员。1949 年后，任台湾"中央文史馆"馆长。1973 年病逝于香港。著有《柳文指要》等。

[5] 章士钊将我免职：1925年女师大学潮发生后，由于鲁迅反对章士钊压迫学生的行动和强行解散女师大的措施，章士钊便于8月12日呈请段祺瑞罢免鲁迅的教育部佥事职务，次日公布。8月22日鲁迅在平政院控诉章士钊，结果胜诉，于1926年1月17日复职。

[6] 唐宋八大家：指唐代的韩愈、柳宗元和宋代的欧阳修、苏洵、苏轼、苏辙、王安石、曾巩等八位散文名家。明代茅坤将他们的作品选编为《唐宋八大家文钞》，故有此称。

[7] 太史：指蔡元培（1868—1940），号孑民，浙江绍兴人，现代教育家。曾是清末翰林（俗称翰林为太史）。1912年，孙中山在南京就任临时政府大总统时，被任命为教育总长。1916年任北京大学校长，主张兼容并包，提倡学术自由，支持新文化运动。1927年，参与国民党"清党"运动。曾任国民政府大学院院长、中央研究院院长等职。"九一八"事变后，主张对日抗战，参加中国民权保障同盟，任副主席。鲁迅逝世时，为治丧委员会成员之一。

[8] 陈独秀（1879—1942）：字仲甫，安徽怀宁（今安庆）人。中国共产党创始人和早期领导人之一。清秀才，因参加反清运动，一度逃亡日本。1915年创办并主编《青年》杂志（后改为《新青年》），次年被聘为北京大学文科学长，1918年与李大钊创办《每周评论》，是新文化运动的发起者和主要领导者。自1921年中国共产党成立至1927年，连任党中央总书记。1929年11月被开除出党。1931年5月，组成"中国共产党左派反对派"，在上海设中央机构，任总书记。1932年被国民党政府逮捕，1937年获释。1942年在四川江津病故。著有《独秀文存》《陈独秀著作选》等。

[9] 胡适之（1891—1962）：即胡适，字适之，原籍安徽绩溪，生于上海。

现代学者，教育家，政治活动家。1910年赴美留学，获哲学博士学位；1917年回国，就任北大教授，并参加编辑《新青年》，提倡白话文，反对文言文，是新文学运动的领袖人物之一。1922年创办《努力周报》，发表时评，宣扬"好人政府"和"省自治联邦制"的主张。1925年参加段祺瑞策划的善后会议，并任中华文化教育基金会董事会名誉秘书。"九一八"事变后，创办《独立评论》。1938年任驻美大使。1942年任行政院最高政治顾问。1946年任北京大学校长。后任国民大会主席，领衔提出《戡乱条例》。1948年去美国。后在台湾去世。著有《中国哲学史大纲》(上卷)、《白话文学史》(上卷)、《胡适文存》等。

[10]　半农：指刘半农（1891—1934），名复，江苏省江阴县人。诗人、学者。1915年《新青年》创刊，为主要撰稿人，并参加编辑工作。1920年赴欧留学，专攻语言学，获法国国家文学博士学位。1925年回国，任北京大学教授。1934年夏，因赴内蒙古调查方言而感染回归热，病逝于北京。

[11]　《红玫瑰》：鸳鸯蝴蝶派的刊物之一。

[12]　《礼拜六》：鸳鸯蝴蝶派的主要刊物。胡适的诗《叔永回四川》，曾连刊《礼拜六汇集第一集》的要目广告。

[13]　萧：指萧伯纳（George Bernard Shaw,1856—1950）英国戏剧家和评论家。1884年，加入费边社，为费边社会主义的代表人物之一。第二次世界大战期间，支持世界各国的反法西斯斗争。1925年"五卅"惨案发生后，国际工人后援会从柏林致电中国，萧伯纳即《致中国国民宣言》上的签名者之一。1933年曾来中国访问。一生共写有五十余个剧本，取"和下等人相近"的立场，富于讽刺的力量。

[14]　言论自由的通电：1934年11月27日，汪精卫、蒋介石发表致

全国的《通电》，其中有"人民及社会团体间，依法享有言论结社之自由，但使不以武力及暴动为背景，则政府必当予以保障，而不加以防制"等语。同年 12 月 9 日，胡适在天津《大公报》上发表《汪蒋通电里提起的自由》一文，回应说"我们对于这个原则，当然是完全赞成的"。

[15]　新月博士：指胡适。

[16]　征服中国民族的心：见于 1933 年 3 月 18 日胡适在北平对记者的谈话，载同年 3 月 22 日《申报·北平通讯》。其中说，日本"只有一个方法可以征服中国，即彻底停止侵略，反过来征服中国民族的心"。

[17]　有历史癖和考据癖：胡适在 1920 年 7 月写的《〈水浒传〉考证》中说："我最恨中国史家说的什么'作史笔法'，但我却有点'历史癖'；我又最恨人家咬文啮字的评文，但我又有点'考据癖'！"

[18]　疑古玄同：即钱玄同（1887—1939），名夏，号玄同，后废姓，称疑古玄同。浙江吴兴人。语言文字学家。曾参加编辑《新青年》，是五四新文化运动中的活跃人物。七七事变后，蛰居北平，拒绝伪聘。1939 年 1 月 17 日因脑溢血病逝。主要著作有《文字学音篇》《说文部首今读》等。

[19]　他：指李大钊（1889—1927），字守常，河北乐亭人。中国最早的马克思主义者，中国共产党的创始人之一。早年留学日本，参加留日学生总会的爱国斗争，1916 年回国后投身新文化运动，参与编辑《新青年》。同时，与陈独秀创办《每周评论》，并主编《晨报副刊》。中国共产党成立后，负责北方区工作，1927 年 4 月 6 日被军阀张作霖逮捕，28 日处死。有《守常文集》《李大钊选集》行世。

[20]　秋：指瞿秋白（1899—1935），名霜，曾用笔名易嘉、何凝、史铁儿等。江苏常州人。中国共产党早期领导人之一。早年曾以《晨报》

记者身份赴苏联访问，作《俄乡纪程》及《赤都心史》。1927 年至1928 年，主持党中央工作，后出席共产国际第六次代表大会，任中共驻共产国际代表团团长。1931 年在中共六届四中全会上，被排斥于中央领导机关之外，在上海养病，期间结识鲁迅。1933 年到江西中央革命根据地，红军长征后，留任中共中央宣传部长。1935 年 2 月于转移途中被俘，6 月 18 日被处决。狱中作《多余的话》。遗著有《瞿秋白文集》。

[21]　它事：指瞿秋白被捕事。

[22]　公谟学院：共产主义学院。公谟，英语 Communism 的音译。

[23]　梁先生：指梁实秋（1902—1987），浙江杭县（今余杭）人。现代作家、文学评论家、翻译家，生于北京。1923 年留学美国，回国后曾先后在多所大学任教，并主编多家报纸副刊。还曾主编《新月》月刊，为新月派文艺批评家。1949 年后，任台湾省立师范大学英语系主任、英语研究所主任和文学院院长等职。著有散文集《雅舍小品》、评论集《浪漫的与古典的》，译著《莎士比亚全集》等。

[24]　朱山根：指顾颉刚（1893—1980），江苏吴县人。鲁迅信中又称作鼻、三根等。现代史学家，历史地理学家。1920 年毕业于北大哲学系，先后在多所大学任教。1923 年提出"层累地造成的中国古史观"，创立"古史辨"学。1949 年后任中国科学院历史研究所研究员，在北京主持标点《资治通鉴》、二十四史的工作。主要著作有《秦汉的方士和儒生》《三皇考》《中国历史地图集》等数十种。

[25]　周作人（1885—1967）：鲁迅的二弟。现代文学家。1906 年赴日本留学，1911 年回国，1917 年自绍兴去北京，在北京大学等多家大学任教。新文化运动期间，发表多篇评论，随后从事翻译和散文写作，

产生较大影响。1923 年与鲁迅关系破裂，思想趋于消极，三十年代与林语堂等倡导闲适小品。抗战期间，出任伪华北政务委员会教育总署督办。1949 年后主要从事翻译工作。一生著作颇多，近年出版多种选本，并有文集出版。

[26]　自寿诗：载《人间世》第一期（1934 年 4 月 5 日），目录页题作"五秩自寿诗"，正文题作"偶作打油诗二首"。为此，《申报·自由谈》《人言周刊》等相继发表文章批评周作人。

[27]　老舍（1899—1966）：原名舒庆春，字舍予，北京人，满族。现代作家。1924 年赴英国，在伦敦大学执教，并开始小说创作，1930 年回国后，历任齐鲁大学、山东大学等校教授。抗战期间主持"文协"工作，胜利后赴美讲学，1949 年后回国，创作以戏剧为主。1950 年创作话剧《龙须沟》，获北京人民政府授予的"人民艺术家"称号。1966 年一次被批斗后，自沉于太平湖。主要作品有《骆驼祥子》《茶馆》《正红旗下》等。有《老舍文集》行世。

[28]　白璧德（I.Babbitt，1865—1933）：美国近代"新人文主义"运动领袖之一。著有《新拉奥孔》《卢梭与浪漫主义》等。亚诺德（M.Arnold，1822—1888）通译阿诺德，英国诗人、文艺批评家。著有《吉普赛学者》《批评论文集》等。

[29]　苏夫人：指苏雪林，笔名绿漪，安徽太平人。作家、学者。曾在多所大学任教职，1949 年后居台湾。著有多种文集。"结婚纪念册"，指她的散文集《绿天》，1928 年 3 月北新书局出版。当时《语丝》周刊载该书出版广告，称是"结婚纪念册"。

[30]　梁漱溟（1893—1988）：广西桂林人，哲学家、教育家。1917 年任北京大学印度哲学讲席。1927 年"清党"后，曾任广东省政府委员、

广州政治委员会建设委员会常务委员、代理主席。1931年在邹平创办"山东乡村建设研究院"，任研究部主任、院长，倡导乡村建设运动。1946年任民盟秘书长。1949年后，历任一、二、三、四届全国政协委员，第五、六届全国政协常委，并任中国孔子研究会顾问，中国文化书院院务委员会主席等职。著有《东西文化及其哲学》《中国文化要义》《人心与人生》《乡村建设理论》等。

[31] 马寅初（1882—1982）：浙江嵊县人，经济学家。早年留学美国，获经济学博士学位。1915年回国，先后在北京大学等多所大学任教，曾任北京大学经济系主任、教务长，重庆大学商学院院长，国民党政府立法委员。1949年以后，历任中央人民政府委员、中央人民政府政务院财政经济委员会副主任，华东军政委员会副主席，浙江大学、北京大学校长，第一、二届全国人大常委会委员，全国政协第一至四届委员，第二、四届常务委员、中科院哲学社会科学部委员。1955年起，提出控制我国人口的主张。在整风运动中被划为右派，后改正。1957年发表《新人口论》，此外还有多种经济学著作出版。

[32] 发昏章第十一：见《水浒传》第二十六回，西门庆被武松从狮子桥楼上扔下街心时，跌得"发昏章第十一"。

[33] 梅兰芳（1894—1961）：京剧演员。原籍江苏泰州，生于北京。为京剧"梅派"创始人，代表作有《宇宙锋》《贵妃醉酒》《霸王别姬》等。先后多次赴国外演出。1949年后任中国京剧院院长、中国戏曲研究院院长、中国文联副主席、中国戏剧家协会副主席。1959年加入中国共产党。编有《梅兰芳文集》、自传《舞台生活四十年》等。

[34] 刘大师：指刘海粟，江苏武进人，画家，教育家。长期从事美术教育工作，1957年被划为右派，后改正。

233

[35]　郭沫若（1892—1978）：四川乐山人，文学家、历史学家、剧作家、诗人、考古学家、古文字学家和社会活动家。1914 年赴日学医。1921年出版诗集《女神》，同年与郁达夫、成仿吾等组织创造社，创办《创造》季刊、周刊和日刊。1926 年参加北伐战争，任国民革命军总政治部副主任。1927 年参加南昌起义，同年参加中国共产党。次年旅居日本，研究中国古代史和古文字，直到抗日战争爆发后回国，出任国民政府军事委员会政治部第三厅厅长，后为文化工作委员会主任，主编《救亡日报》。1949 年以后，历任中央人民政府委员、政务院副总理兼文化教育委员会主任、中国科学院院长、全国文联主席、全国人大副委员长、全国政协副主席等多种领导职务。著作十分宏富，有《沫若文集》十七卷行世。

[36]　化名之作：指《文艺战线上的封建余孽》，署名"杜荃"，载《创造月刊》第二卷第一期（1928 年 8 月）。文中指鲁迅是"二重反革命的人物"，"一位不得志的 Fascist（法西斯蒂）"。

[37]　郑君：指郑振铎（1898—1958），笔名西谛，福建长乐人。作家、文学史家。1921 年与沈雁冰、王统照等组织文学研究会。1922 年后主编《小说月报》。曾任燕京大学教授、暨南大学文学院长，与巴金等人创办《文学季刊》，为生活书店编辑《世界文库》。抗日战争期间留居上海，组织"复社"，胜利后创办《民主周刊》。1949 年后历任全国政协委员、中国科学院文学研究所所长、文化部副部长等职。1958年出国访问途中，因飞机失事逝世。著有《郑振铎文集》《插图本中国文学史》《中国俗文学史》等。

[38]　《译文》之夭：1934 年以鲁迅为首组成的译文社曾与邹韬奋开办的生活书店签订合同，编辑《译文》月刊，后因"资本"及人事等

关系而中止。对此，鲁迅在 1935 年 10 月 4 日致萧军信中有较详细的叙述。

[39] 作家协会：左联解散后，由周扬策划，郑振铎、傅东华等出面组织的文艺团体，初名作家协会，后改为中国文艺家协会。

[40] 茅：指茅盾（1896—1981），原名沈雁冰，浙江桐乡人。中共党员。现代作家。1921 年与郑振铎等人发起组织文学研究会，任《小说月报》主编，《民国日报》主笔。1928 年东渡日本，1930 年回国，并加入左联。抗战爆发后与巴金等人合编《呐喊》《烽火》，后任香港《文艺阵地》主编。1940 年赴延安，在鲁艺讲学，后在重庆、香港等地从事文化工作。1949 年后历任文化部部长，中国作家协会主席，全国文联副主席，《人民文学》《译文》杂志主编。著有长篇小说《子夜》，中短篇小说集《春蚕》《林家铺子》，评论集《鼓吹集》《夜读偶记》等，另编有《茅盾全集》出版。

[41] 郑：郑振铎。

[42] 《文学》：文学月刊。茅盾、郑振铎等发起筹办，1933 年 7 月 1 日在上海创刊，生活书店发行。

[43] 莲姊家：指左联。

[44] 傅：傅东华（1893—1971），浙江金华人，翻译家。抗战时期，曾在敌伪机关任职，胜利后隐居上海，从事翻译工作。一生著译颇丰，有《欧洲文艺复兴》《汉字知识讲话》《吉诃德先生传》《飘》等。

[45] 毛姑：指茅盾。

[46] 达夫：指郁达夫（1896—1945），浙江富阳人，作家。1913 年 9 月留学日本。为创造社发起人之一，后宣布脱离。1928 年春，秘密加入太阳社，与鲁迅合编《奔流》月刊。1930 年 2 月，发起成立中国自

由运动大同盟；3月左联成立，也曾列名为发起人，1933年加入中国民权保障同盟。1938年应郭沫若邀请，赴武汉参加军委会第三厅，做抗日宣传工作，次年年底飞抵新加坡，1945年日本投降后，为日本宪兵杀害。著有小说集《沉沦》《迷羊》等多种，另有《郁达夫文集》行世。

[47]　那一篇文：未详。

[48]　田君：指田汉（1896—1968），湖南长沙人，剧作家。1914年留学日本。曾与郭沫若等组织创造社，后又与欧阳予倩等创办南国剧社等戏剧团体。三十年代初，加入中国自由运动大同盟，并任"剧联"党团书记，中共上海中央局文化工作委员会委员。1935年2月被捕，八月经保获释。抗战期间，参加郭沫若领导的军委政治部第三厅，任第六处（艺术处）处长，主持电影、戏剧等工作。1949年后，任中国戏剧家协会主席、中国文联副主席等职。早期剧作有《咖啡店之一夜》《月光曲》《三个女性》等，多浪漫主义色彩；晚年著有《关汉卿》《谢瑶环》等剧本，旨在"为民请命"，在文化大革命中惨死。鲁迅逝世后，改编《阿Q正传》，并撰有纪念文章多篇。

[49]　张公：指张资平（1893—1959）广东梅县人。小说家。创造社早期成员，抗日战争时期参加汪精卫伪政府，任农矿部技正。主要作品有《飞絮》《时代与爱的歧路》等。

[50]　施蛰存(1905—2003)：浙江杭州人，作家。1922年开始发表作品，并长期从事编辑工作。著有多种散文、小说集及文学专著。

[51]　这种辩论：1933年10月，鲁迅以丰之余的笔名，发表《感旧》一文，批评当时社会上的某些复古主义倾向，其中包括劝告青年人看《庄子》《文选》等。施蛰存曾经发表类似观点的文章，于是作文反击，引出两人的一场辩论。

[52] 《文选》：南朝梁昭明太子萧统编选的一部诗文总集，时间起自秦汉，至齐梁间止，共三十卷。

[53] 《庄子》：战国时庄周（庄子）及其后学所著，为道家经典之一。鲁迅在批判庄子的虚无主义和相对主义的同时，高度评价《庄子》的文学性，说书中"大抵寓言，人物土地，皆空言无事实，而其文则汪洋辟阖，仪态万方，晚周诸子之作，莫能先也"。

[54] 谈言：《申报·本埠增刊》的杂文专栏。

[55] 那一篇：指 1934 年 7 月 7 日发表的专栏文章《大众语在中国底重要性》，署名"寒白"。

[56] 两种杂志：指《现代》月刊和《文艺风景》月刊。

[57] 胡风（1902—1985）：名张光人，湖北蕲春人。诗人、文艺理论家、批评家。1928 年后赴日本留学，加入日共，左联东京支部和日本反战同盟，1933 年被驱逐回国，在上海加入左联，历任宣传部长常务书记。《七月》杂志创办人之一，《希望》杂志主编。1949 年参加政协、为全国第一届政协常委、人大代表。1955 年以"反革命集团"罪被捕，长期坐狱，1980 年平反。著有《论民族形式问题》《论现实主义的路》《胡风评论集》等。

[58] 周起应：即周扬(1908—1989)，湖南益阳人。1928 年冬留学日本，1930 年回国，在上海参加左联，任党团书记，中共上海局文委书记及文化总同盟书记，左联机关刊物《文学月报》主编。1937 年赴延安，任鲁迅艺术文学院（鲁艺）院长，延安大学校长等。1949 年后任中共中央宣传部副部长、文化部副部长及党组书记、中国文联副主席、主席、党组书记等。著有《周扬文集》5 卷。

[59] 巴金：原名李芾甘，四川成都人，作家、翻译家。早年留学法国，

深受无政府主义影响；1949年后，历任中国作家协会副主席、主席，1957年创办《收获》并任主编。著有长篇小说《家》《春》《秋》《寒夜》等，晚年著有《随想录》。

[60]　徐懋庸（1910—1977）：浙江上虞县人，作家、翻译家。1933年加入左联，先后任宣传部长和书记。1938年到延安，同年加入中国共产党。1949年后任中南军政委员会委员，武汉大学副校长，中南军政委员会文化部副部长、教育部副部长，中共中南党校政治经济学教研室主任等职。1957年划为"右派"，后在中国科学院哲学研究所工作。著有多种杂文集。

[61]　《社会日报》：一种小型日报，1929年11月1日在上海创刊。

[62]　工头：连同下文的"大人物""所谓指导者""指导的英雄""元帅"等均系指周扬。

[63]　"忏悔者"：指变节分子，这里有嘲讽之意。或指当时自称中立的"第三种人"。

[64]　新月社：文学、政治社团，1923年在北京成立。主要成员都是留学英美的诗人、作家和学者，其中有胡适、徐志摩、梁实秋、闻一多等。1927年春在上海创办新月书店，次年出版《新月》月刊，由徐志摩、梁实秋、罗隆基等先后编辑，前期偏重于发表新诗，在文学史上称"新月派"，后期还曾发表过一些文艺评论和政论。

[65]　《红楼梦》：又名《石头记》，长篇小说，共一百二十回。前八十回为曹雪芹所作，后四十回多认为高鹗所续。小说以贾宝玉、林黛玉的爱情悲剧为主线，描写了荣、宁二府的兴衰变化，显示了中国封建宗法社会的命运。焦大是小说中贾府的一个忠实的老仆，这里说的酒醉骂人被塞马粪事见于该书第七回。"只有石狮子干净"的话，见于

第六十六回。

[66] 相类的境遇：1929 年，新月社同人在《新月》上发表论人权问题的文章，引证英、美各国法规，向刚刚完成"清党"运动，进一步将暴力合法化的国民党政府进言，提出试图解决当时中国政治问题的意见。1930 年 1 月，胡适、罗隆基、梁实秋三人有关人权的文章，结集为《人权论集》，由胡适作序，交由新月书店出版。不料文章发表后，国民党报刊纷纷撰文攻击，国民党中宣部密令查禁并焚毁《新月》第六七号月刊；上海市党部又发出训令，查禁《人权论集》警告胡适，逮捕罗隆基。此次事件，有人称作"人权运动"。

[67] 《现代评论》：综合性周刊，1924 年 12 月 13 日于北京创刊。由王世杰、杨振声等负责编辑。主要撰搞人为留学欧美的教授学者。如胡适、陈源、徐志摩等。1927 年 7 月移至上海出版。在北京女师大风潮、"五卅"运动及"三一八惨案"中，《现代评论》取支持当局、敌视学生群众的立场。

[68] 《语丝》：语丝社的刊物，周刊。1924 年 11 月 17 日在北京创刊。初由孙伏园、周作人等编辑。1927 年 10 月被北洋军阀政府查禁，移至上海出版，改由鲁迅任主编，北新书局发行。1930 年 3 月 10 日自动停刊。

[69] 成仿吾（1897—1984）：湖南新化人，文学家、教育家。早年留学日本，为创造社发起人之一。1928 年在法国加入中国共产党，回国后进入苏区，曾参加长征，延安时期任陕北公学校长。1949 年后历任华北大学副校长、吉林师范大学校长、山东大学校长，中央党校顾问，中国人民大学校长等职。有短篇小说集《流浪》、剧本《欢迎会》、评论集《使命》等。

[70]　创造社：新文学社团。由郭沫若、郁达夫、成仿吾、张资平等人发起，于 1921 年 7 月成立。创造社早期强调"为艺术而艺术"，后期转向宣传革命文学，1929 年 2 月被国民党政府封闭。

[71]　左联：全称为"中国左翼作家联盟"，文艺团体。1930 年 3 月 2 日在上海成立。最初盟员五十余人，后发展至二百七十余人，还先后在北平（今北京），日本东京设立分盟，在广州、天津、武汉、南京等地成立小组。内设党团组织，核心成员为共产党人，后期工作也超出了文艺范围，明显的政治化，如派盟员散发传单，举行飞行集会等。左联成立后，出版过《拓荒者》《萌芽月刊》《北斗》等多种刊物。1936 年春，接共产国际方面指示，自行解散。

[72]　三郎：指萧军（1907—1988），笔名田军，辽宁锦县人，作家。1934 年与萧红同到上海，与鲁迅认识。鲁迅逝世后，辗转赴延安；后主编《文化报》，遭到周扬主持的《生活报》的批判，被加以"反苏"罪名，从此息影文坛。1949 年后从事文物研究工作，40 年后获平反，自嘲为"出土文物"。著有小说《八月的乡村》《吴越春秋史话》等。这里说"三郎的事情"，是指加入左联事，通过胡风征询鲁迅意见。

[73]　×××：原件此三字被收信人涂去。据追记，系"这一翼"，指左联。

关于自己

……从那一回[1]以后，我便觉得医学并非一件紧要事，凡是愚弱的国民，即使体格如何健全，如何茁壮，也只能做毫无意义的示众的材料和看客，病死多少是不必以为不幸的。所以我们的第一要著，是在改变他们的精神，而善于改变精神的是，我那时以为当然要推文艺，于是想提倡文艺运动了。（《自序》，《呐喊》，《全集1》P417）

我觉得革命以前，我是做奴隶；革命以后不多久，就受了奴隶的骗，变成他们的奴隶了。（《忽然想到》，《华盖集》，《全集3》P16）

说话说到有人厌恶，比起毫无动静来，还是一种幸福。天下不舒服的人们多着，而有些人们却一心一意在造专给自己舒服的世界。这是不能如此便宜的，也给他们放一点可恶的东西在眼前，使他有时小不舒服，知道原来自己的世界也不容易十分美满。苍蝇的飞鸣，是不知道人们在憎恶他的；我却明知道，然而只要能飞鸣就偏要飞鸣。我的可恶有时自己也觉得，即如我的戒酒，吃鱼肝油，以望延长我的生命，倒不尽是为了我的爱人，大大半乃是为了我的敌人，——给他们说得体面一点，就是敌人罢——要在他的好世界上多留一些缺陷。（《题记》，《坟》，《全集1》P3）

中国大概很有些青年的"前辈"和"导师"罢，但那不是我，我也不相信他们。我只很确切地知道一个终点，就是：坟。……（《写在〈坟〉后面》，《坟》，《全集1》P284）

先前也曾屡次声明，就是偏要使所谓正人君子也者之流多不舒服几天，所以自己便特地留几片铁甲在身上，站着，给他们的世界上多有一点缺陷，到我自己厌倦了，要脱掉了的时候为止。（《写在〈坟〉后面》，《坟》，《全集1》P284）

我的确时时解剖别人，然而更多的是更无情面地解剖我自己，……（《写在〈坟〉后面》，《坟》，《全集1》P284）

……我觉得古人写在书上的可恶思想，我的心里也常有……（《写在〈坟〉后面》，《坟》，《全集1》P286）

靈臺無計逃神矢　風雨

如磐闇故園　寄意寒

星荃不察我以我血薦

軒轅　二十一歲時作五十一歲時

寫出時辛未八月十日也　魯迅

《自題小像》诗。1931年书。

……自己却正苦于背了这些古老的鬼魂，摆脱不开，时常感到一种使人气闷的沉重。就是思想上，也何尝不中些庄周韩非的毒，时而很随便，时而很峻急。孔孟[2]的书我读得最早，最熟，然而倒似乎和我不相干。大半也因为懒惰罢，往往自己宽解，以为一切事物，在转变中，是总有多少中间物的。动植之间，无脊椎和脊椎动物之间，都有中间物；或者简直可以说，在进化的链子上，一切都是中间物。当开首改革文章的时候，有几个不三不四的作者，是当然的，只能这样，也需要这样。他的任务，是在有些警觉之后，喊出一种新声；又因为从旧垒中来，情形看得较为分明，反戈一击，易制强敌的死命。但仍应该和光阴偕逝，逐渐消亡，至多不过是桥梁中的一木一石，并非什么前途的目标，范本。（《写在〈坟〉后面》，《坟》，《全集1》P285）

魂灵被风沙打击得粗暴，因为这是人的魂灵，我爱这样的魂灵；我愿意在无形无色的鲜血淋漓的粗暴上接吻。（《一觉》，《野草》，《全集2》P223）

我以为如果艺术之宫里有这么麻烦的禁令，倒不如不进去；还是站在沙漠上，看看飞沙走石，乐则大笑，悲则大叫，愤则大骂，即使被沙砾打得遍身粗糙，头破血流，而时时抚摩自己的凝血，觉得若有花纹，也未必不及跟着中国的文士们[3]去

陪莎士比亚[4]吃黄油面包之有趣。（《题记》，《华盖集》，
《全集3》P4）

我就是这样，并不想以骑墙或阴柔来买人尊敬。（《并非闲话》，《华盖集》，《全集3》P75）

我正因为生在东方，而且生在中国，所以"中庸""稳妥"的余毒，还沦肌浃髓，比起法国的勃罗亚[5]——他简直称大报的记者为"蛆虫"——来，真是"小巫见大巫"，使我自惭究竟不及白人之毒辣勇猛。（《我还不能"带住"》，《华盖集续编》，《全集3》P243）

我自己也知道，在中国，我的笔要算较为尖刻的，说话有时也不留情面。但我又知道人们怎样地用了公理正义的美名，正人君子的徽号，温良敦厚的假脸，流言公论的武器，吞吐曲折的文字，行私利己，使无刀无笔的弱者不得喘息。倘使我没有这笔，也就是被欺侮到赴诉无门的一个；我觉悟了，所以要常用，尤其是用于使麒麟皮下露出马脚。（《我还不能"带住"》，《华盖集续编》，《全集3》P244）

但我觉得正人君子这回是可以审问我了："你知道苦了罢？你改悔不改悔？"大约也不但正人君子，凡对我有些好意

的人，也要问的。……我可以即刻答复："一点不苦，一点不悔。而且倒很有趣的。"（《通信》，《而已集》，《全集3》P450）

中国的筵席上有一种"醉虾"，虾越鲜活，吃的人便越高兴，越畅快。我就是做这醉虾的帮手，弄清了老实而不幸的青年的脑子和弄敏了他的感觉，使他万一遭灾时来尝加倍的苦痛，同时给憎恶他的人们赏玩这较灵的苦痛，得到格外的享乐。（《答有恒先生》，《而已集》，《全集3》P454）

种牡丹者得花，种蒺藜者得刺，这是应该的，我毫无怨恨。（《答有恒先生》，《而已集》，《全集3》P455）

我知道我自己，我解剖自己并不比解剖别人留情面。（《答有恒先生》，《而已集》，《全集3》P457）

……我时时说些自己的事情，怎样地在"碰壁"，怎样地在做蜗牛，好像全世界的苦恼，萃于一身，在替大众受罪似的：也正是中产的智识阶级分子的坏脾气。只是原先是憎恶这熟识的本阶级，毫不可惜它的溃灭，后来又由于事实的教训，以为惟新兴的无产者才有将来，却是的确的。（《〈二心集〉序言》，《全集4》P191）

　　但我从别国里窃得火来[6]，本意却在煮自己的肉的，以为倘能味道较好，庶几在咬嚼者那一面也得到较多的好处，我也不枉费了身躯：出发点全是个人主义，并且还夹杂着小市民性的奢华，以及慢慢地摸出解剖刀来，反而刺进解剖者的心脏里去的"报复"。（《"硬译"与"文学的阶级性"》，《二心集》，《全集4》P209）

247

　　……倘有同一营垒中人，化了装从背后给我一刀，则我的对于他的憎恶和鄙视，是在明显的敌人之上的。（《答〈戏〉周刊编者信》，《且介亭杂文》，《全集6》P148）

　　将来我死掉之后，即使在中国还有追悼的可能，也千万不要给我开追悼会或者出什么纪念册。因为这不过是活人的讲演或挽联的斗法场，为了造语惊人，对仗工稳起见，有些文豪们是简直不恤于胡说八道的。结果至多也不过印成一本书，即使有谁看了，于我死人，于读者活人，都无益处，就是对于作者，其实也并无益处，挽联做得好，也不过挽联做得好而已。（《病后杂谈》，《且介亭杂文》，《全集6》P172）

　　我有时决不想在言论界求得胜利，因为我的言论有时是枭[7]鸣，报告着大不吉利事，我的言中，是大家会有不幸的。

（《序言》，《且介亭杂文二集》，《全集6》P217）

假使我的血肉该喂动物，我情愿喂狮虎鹰隼，却一点也不给癞皮狗们吃。

养肥了狮虎鹰隼，它们在天空，岩角，大漠，丛莽里是伟美的壮观，捕来放在动物园里，打死制成标本，也令人看了神旺，消去鄙吝的心。

但养胖一群癞皮狗，只会乱钻，乱叫，可多么讨厌！

（《半夏小集》，《且介亭杂文末编》，《全集6》P597）

……欧洲人临死时，往往有一种仪式，是请别人宽恕，自己也宽恕了别人。我的怨敌可谓多矣，倘有新式的人问起我来，怎么回答呢？我想了一想，决定的是：让他们怨恨去，我也一个都不宽恕。（《死》，《且介亭杂文末编》，《全集6》P612）

横眉冷对千夫指[8]，俯首甘为孺子牛。（《自嘲》，《集外集》，《全集7》P147）

常听得有人说，书信是最不掩饰，最显真面的文章，但我也并不，我无论给谁写信，最初，总是敷敷衍衍，口是心非的，即在这一本中，遇有较为紧要的地方，到后来也还是往往故意写得含胡些，因为我们所处，是在"当地长官"，邮局，校长……，都可以随意检查信件的国度里。但自然，明白的话，是也不少的。（《两地书·序言》，《全集11》P5）

我想，苦痛是总与人生联带的，但也有离开的时候，就是当熟睡之际。醒的时候要免去若干苦痛，中国的老法子是"骄傲"与"玩世不恭"，我觉得我自己就有这毛病，不大好。苦茶加糖，其苦之量如故，只是聊胜于无糖，但这糖就不容易找到，……（《两地书·二》，《全集11》P15）

我再说我自己如何在世上混过去的方法，以供参考罢——

一、走"人生"的长途，最易遇到的有两大难关。其一是"歧路"，倘是墨翟[9]先生，相传是恸哭而返的。但我不哭也不返，先在歧路头坐下，歇一会，或者睡一觉，于是选一条似乎可以走的路再走，倘遇见老实人，也许夺他食物来充饥，但是不问路，因为我料定他并不知道的。如果遇见老虎，我就爬上树去，等它饿得走去了再下来，倘它竟不走，我就自己饿死在树上，而且先用带子缚住，连死尸也决不给它吃。但倘若没有树呢？那么，没有法子，只好请它吃了，但也不妨也咬它一口。其二便是"穷途"了，听说阮籍[10]先生也大哭而回，我却也像在歧路上的办法一样，还是跨进去，在刺丛里姑且走走。但我也并未遇到全是荆棘毫无可走的地方过，不知道是否世上本无所谓穷途，还是我幸而没有遇着。

二、对于社会的战斗，我是并不挺身而出的，我不劝别人牺牲什么之类者就为此。欧战的时候，最重"壕堑战"，战士伏在壕中，有时吸烟，也唱歌，打纸牌，喝酒，也在壕内开美术展览会，但有时忽向敌人开他几枪。中国多暗箭，挺身而出的勇士容易丧命，这种战法是必要的罢。但恐怕也有时会逼到非短兵相接不可的，这时候，没有法子，就短兵相接。

总结起来，我自己对于苦闷的办法，是专与袭来的苦痛捣乱，将无赖手段当作胜利，硬唱凯歌，算是乐趣，这或者就是糖罢。但临末也还是归结到"没有法子"，这真是没有法子！

（《两地书·二》，《全集11》P15）

……我的作品，太黑暗了，因为我常觉得惟"黑暗与虚无"乃是"实有"，却偏要向这些作绝望的抗战，所以很多着偏激的声音。（《两地书·四》，《全集11》P20）

我又无拳无勇，真没有法，在手头的只有笔墨，能写这封信一类的不得要领的东西而已。但我总还想对于根深蒂固的所谓旧文明，施行袭击，令其动摇，冀于将来有万一之希望。（《两地书·八》，《全集11》P31）

凡做领导的人，一须勇猛，而我看事情太仔细，一仔细，即多疑虑，不易勇往直前，二须不惜用牺牲，而我最不愿使别人做牺牲（这其实还是革命以前的种种事情的刺激的结果），也就不能有大局面。所以，其结果，终于不外乎用空论来发牢骚，印一通书籍杂志。（《两地书·八》，《全集11》P32）

我现在愈加相信说话和弄笔的都是不中用的人，无论你说话如何有理，文章如何动人，都是空的。他们即使怎样无理，事实上却着着得胜。然而，世界岂真不过如此而已么？我要反抗，试他一试。（《两地书·二二》，《全集11》P74）

我的意见原也一时不容易了然，因为其中本含有许多矛盾，教我自己说，或者是人道主义与个人主义这两种思想的消长起伏罢。所以我忽而爱人，忽而憎人；做事的时候，有时确为别人，有时却为自己玩玩，有时则竟因为希望生命从速消磨，所以故意拼命的做。（《两地书·二四》，《全集11》P79）

总而言之，我为自己和为别人的设想，是两样的。所以者何，就因为我的思想太黑暗，但究竟是否真确，又不得而知，所以只能在自身试验，不敢邀请别人。（《两地书·二四》，《全集11》P80）

251

　　我明知道几个人做事，真出于"为天下"是很少的。但人于现状，总该有点不平，反抗，改良的意思。只这一点共同目的，便可以合作。即使含些"利用"的私心也不妨，利用别人，又给别人做点事，说得好看一点，就是"互助"。但是，我总是"罪孽深重，祸延"自己，每每终于发见纯粹的利用，连"互"字也安不上，被用之后，只剩下耗了气力的自己一个。有时候，他还要反而骂你；不骂你，还要谢他的洪恩。我的时常无聊，就是为此，但我还能将一切忘却，休息一时之后，从新再来，即使明知道后来的运命未必会胜于过去。（《两地书·二九》，《全集11》P90）

　　我其实还敢站在前线上，但发见当面称为"同道"的暗中将我作傀儡或从背后枪击我，却比被敌人所伤更其悲哀。（《两地书·七一》，《全集11》P195）

　　我愤激的话多，有时几乎说："宁我负人，毋人负我"。[11]然而自己也往往觉得太过，实行上或者且正与所说的相反。人也不能将别人都作坏人看，能帮也还是帮，不过最好是量力，不要拼命就是了。（《两地书·七三》，《全集11》P198）

　　……在生活的路上，将血一滴一滴地滴过去，以饲别人，虽自觉渐渐瘦弱，也以为快活。而现在呢，人们笑我瘦弱了，连饮过我的血的人，也来嘲笑我的瘦弱了。……乘我困苦的时候，竭力给我一下闷棍，……这实在使我愤怒，怨恨了，有时简直想报复。我并没有略存求得称誉，报答之心，不过以为喝过血的人们，看见没有血喝了就该走散，不要记着我是血的债主，临走时还要打杀我，并且为消灭债券计，放火烧掉我的一间可怜的灰棚。我其实并不以债主自居，也没有债券。他们的这种办法，是太过的。我近来的渐渐倾向个人主义，就是为此；……（《两地书·九五》，《全集11》P249）

……我被各色人物用各色名号相加，由来久矣，所以被怎么说都可以。这回去厦[12]，这里也有各种谣言，我都不管，专用徐大总统[13]哲学：听其自然。（《两地书·一○九》，《全集11》P268）

力求清宁，偏多滓秽，……但这些都由它去，我自走我的路。（《两地书·一一二》，《全集11》P276）

我恐怕是以不好见客出名的。但也不尽然，我所怕见的是谈不来的生客，熟识的不在内，因为我可以不必装出陪客的态度。我这里的客并不多，我喜欢寂寞，又憎恶寂寞，……（《致李秉中/1924年9月24日》，《全集11》P430）

253

其实我何尝坦白？我已经能够细嚼黄连而不皱眉了。我很憎恶我自己，因为有若干人，或则愿我有钱，有名，有势，或则愿我陨灭，死亡，而我偏偏无钱无名无势，又不灭不亡，对于各方面，都无以报答盛意，年纪已经如此，恐将遂以如此终。我也常常想到自杀，也常想杀人，然而都不实行，我大约不是一个勇士。现在仍然只好对于愿我得意的便拉几个钱来给他看，对于愿我灭亡的避开些，以免他再费机谋。我不大愿意使人失望，所以对于爱人和仇人，都愿意有以骗之，亦即所以慰之，然而仍然各处都弄不好。

我自己总觉得我的灵魂里有毒气和鬼气，我极憎恶他，想除去他，而不能。我虽然竭力遮蔽着，总还恐怕传染给别人，我之所以对于和我往来较多的人有时不免觉到悲哀者以此。（《致李秉中/1924年9月24日》，《全集11》P430）

我想不做"名人"了，玩玩。一变"名人"，"自己"就没有了。（《致章廷谦/1927年2月25日》，《全集11》P532）

诺贝尔赏金，梁启超自然不配，我也不配，要拿这钱，还欠努力。世界上比我好的作家何限，他们得不到。你看我译的那本《小约翰》[14]，我那里做得出来，然而这作者就没有得到。（《致台静农/1927年9月25日》，《全集11》P580）

我总觉得我也许有病，神经过敏，所以凡看一件事，虽然对方说是全都打开了，而我往往还以为必有什么东西在手巾或袖子里藏着。但又往往不幸而中，岂不哀哉。（《致章廷谦/1928年8月15日》，《全集11》P632）

嗟乎，无民众则将饿死，有民众则将拉死，民众之于不佞，何其有深仇夙怨欤？！（《致章廷谦/1928年9月19日》，《全集11》P635）

自由运动大同盟[15]，确有这个东西，也列有我的名字，……我本不知"运动"的人，所以凡所讲演，多与该同盟格格不入，然而有些人已以为大出风头，有些人则以为十分可恶，谣诼谤骂，又复纷纭起来。半生以来，所负的全是挨骂的命运，一切听之而已，即使反将残剩的自由失去，也天下之常事也。（《致章廷谦/1930年3月21日》，《全集12》P6）

梯子之论[16]，是极确的，对于此一节，我也曾熟虑，倘使后起诸公，真能由此爬得较高，则我之被踏，又何足惜。中国之可作梯子者，其实除我之外，也无几了。所以我十年以来，帮未名社[17]，帮狂飙社[18]，帮朝花社[19]，而无不或失败，或受欺，但愿有英俊出于中国之心，终于未死，所以此次又应青年之请，除自由同盟外，又加入左翼作家连盟[20]，于会场中，一览了荟萃于上海的革命作家，然而以我看来，皆茄花色，于是不佞势又不得不有作梯子之险，但还怕他们尚未必能爬梯子也。哀哉！（《致章廷谦/1930年3月27日》，《全集12》P8）

其实是活了五十年，成绩毫无，我惟希望就是在文艺界，也有许多新的青年起来。（《致曹靖华/1930年9月20日》，《全集12》P24）

中国的做人虽然很难，我的敌人（鬼鬼祟祟的）也太多，但我若存在一日，终当为文艺尽力，试看新的文艺和在压制者保护之下的狗屁文艺，谁先成为烟埃。（《致韦素园/1931年2月2日》，《全集12》P35）

我自旅沪以来，谨慎备至，几于谢绝人世，结舌无言。然以昔曾弄笔，志在革新。故根源未竭，仍为左翼作家联盟之一员。而上海文坛小丑，遂欲乘机陷之以自快慰。造作蜚语，力施中伤，由来久矣。哀其无聊，付之一笑。（《致李秉中/1931年2月4日》，《全集12》P37）

文人一摇笔，用力甚微，而于我之害则甚大。老母饮泣，挚友惊心。十日以来，几于日以发缄更正[21]为事，亦可悲矣。

今幸无事，可释远念。然而三告投杼，贤母生疑。千夫所指，无疾而死。生丁今世，正不知来日如何耳。东望扶桑，感怆交集。（《致李秉中/1931年2月4日》，《全集12》P37）

我向来对于有新闻记者气味的人，是不见，倘见，则不言，然而也还是谣言层出，……（《致李秉中/1931年6月23日》，《全集12》P49）

……历来所身受之事，真是一言难尽，但我是总如野兽一样，受了伤，就回头钻入草莽，舐掉血迹，至多也不过呻吟几声的。只是现在却因为年纪渐大，精力就衰，世故也愈深，所以渐在回避了。（《致曹聚仁/1933年6月18日》，《全集12》P185）

……仆生长危邦，年逾大衍[22]，天灾人祸，所见多矣，无怨于生，亦无怖于死，即将投我琼瑶[23]，依然弄此笔墨，夙心旧习，不能改也，……（《致台静农/1933年6月28日》，《全集12》P192）

原想嬉皮笑脸，而仍剑拔弩张，倘不洗心，殊难革面，真是呜呼噫嘻，如何是好。（《致黎烈文/1933年5月4日》，《全集12》P173）

有人中伤，本亦意中事，但近来作文，避忌已甚，有时如骨鲠在喉，不得不吐，遂亦不免为人所憎。后当更加婉约其辞，惟文章势必至流于荏弱，而干犯豪贵，虑亦仍所不免。（《致黎烈文/1933年5月4日》，《全集12》P172）

258

年来所受迫压更甚，但幸未至窒息。先生所揣测的过高，领导决不敢，呐喊助威，则从不辞让。今后也还如此。可以干的，总要干下去。（《致胡今虚/1933年10月28日》，《全集12》P249）

新作小说则不能，这并非没有工夫，却是没有本领，多年和社会隔绝了，自己不在漩涡的中心，所感觉到的总不免肤泛，写出来也不会好的。（《致姚克/1933年11月5日》，《全集12》P256）

风暴正不知何时过去，现在是有加无已，那目的在封锁一切刊物，给我们没有投稿的地方。我尤为众矢之的，《申报》上已经不能登载了，而别人的作品，也被疑为我的化名之作，反对者往往对我加以攻击。（《致曹靖华/1933年11月25日》，《全集12》P281）

自己就至今未能牺牲小我，怎能大言不惭。但总之，即使未能径上战线，一切稍为大家着想，为将来着想，这大约总不会是错了路的。（《致杨霁云/1934年4月24日》，《全集12》P394）

但自问数十年来，于自己保存之外，也时时想到中国，想到将来，愿为大家出一点微力，却可以自白的。（《致杨霁云/1934年5月22日》，《全集12》P423）

我的杂感集中，《华盖集》及《续编》中文，虽大抵和个人斗争，但实为公仇，决非私怨，而销数独少，足见读者的判断，亦幼稚者居多也。（《致杨霁云/1934年5月22日》，《全集12》P423）

近来时被攻击，惯而安之，纵令诬我以可死之罪，亦不想置辩，而至今亦终未死，可见与此辈讲理，乃反而上当耳。例如乡下顽童，常以纸上画一乌龟，贴于人之背上，最好是毫不理睬，若认真与他们辩论自己之非乌龟，岂非空费口舌。（《致郑振铎/1934年6月2日》，《全集12》P442）

我的确常常感到焦烦，但力所能做的，就做，而又常常有"独战"的悲哀。（《致萧军、萧红/1934年12月6日》，《全

集12》P586）

为了防后方，我就得横站，不能正对敌人，而且瞻前顾后，格外费力。（《致杨霁云/1934年12月18日》，《全集12》P606）

260

……我觉得以文字结怨于小人，是不值得的。至于我，其实乃是箭在弦上，不得不发。（《致杨霁云/1934年12月23日》，《全集12》P614）

黑暗之极，无理可说，我自有生以来，第一次遇见。但我是还要反抗的。（《致刘炜明/1934年12月31日》，《全集12》P629）

我憎恶那些拿了鞭子，专门鞭扑别人的人们。（《致徐懋庸/1935年1月17日》，《全集13》P20）

使我自己说，我大约也还是一个破落户，不过思想较新，也时常想到别人和将来，因此也比较的不十分自私自利而已。（《致萧军/1935年8月24日》，《全集13》P196）

我自己想，虽然许多人都说我多疑，冷酷，然而我的推测

人，实在太倾于好的方面了，他们自己表现出来时，还要坏得远。（《致萧军/1935年10月4日》，《全集13》P226）

德国腓立大帝[24]的"密集突击"，那时是会打胜仗的，不过用于现在，却不相宜，所以我所采取的战术，是：散兵战，堑壕战，持久战……（《致萧军/1935年10月4日》，《全集13》P226）

这是我历来做事的主意，根柢即在总账问题。即使第一次受骗了，第二次也有被骗的可能，我还是做，因为被人偷过一次，也不能疑心世界上全是偷儿，只好仍旧打杂。但自然，得了真赃实据之后，又是一回事了。（《致萧军/1935年10月4日》，《全集13》P226）

近几年来，在这里也玩着带了锁链的跳舞，连自己也觉得无聊，今年虽已大有"保护正当舆论"之意，但我倒想不写批评了，或者休息，或者写别的东西。（《致王冶秋/1936年1月18日》，《全集13》P292）

权力者的砍杀我，确是费尽心力，而且它们有叭儿狗，所以比北洋军阀更周密，更厉害。（《致曹白/1936年4月1日》，《全集13》P343）

说起我自己来，真是无聊之至，公事、私事、闲气，层出不穷。刊物来要稿，一面要顾及被禁，一面又要不十分无谓，真变成一种苦恼，我称之为"上了镣铐的跳舞"。（《致曹白/1936年5月4日》，《全集13》P369）

262

年年想休息一下，而公事，私事，闲气之类，有增无减，不遑安息，不遑看书，弄得信也没工夫写。病总算是好了，但总是没气力，或者气力不够应付杂事；记性也坏起来。英雄们却不绝的来打击。近日这里在开作家协会，喊国防文学[25]，我鉴于前车，没有加入，而英雄们即认此为破坏国家大计，甚至在集会上宣布我的罪状。我其实也真的可以什么也不做了，不做倒无罪。然而中国究竟也不是他们的，我也要住住，所以近来已作二文反击，他们是空壳，大约不久就要消声匿迹的：这一流人，先前已经出了不少。（《致王冶秋/1936年5月4日》，《全集13》P370）

新英雄们[26]正要用伟大的旗子，杀我祭旗，然而没有办妥，愈令我看穿了许多人的本相。（《致杨之华（尹兄）/1936年7月17日》，《全集》未收）

我是不写自传也不热心于别人给我作传的，因为一生太平凡，倘使这样的也可做传，那么，中国一下子可以有四万万部传记，真将塞破图书馆。我有许多小小的想头和言语，时时随风而逝，固然似乎可惜，但其实，亦不过小事情而已。（《致李霁野/1936年5月8日》，《全集13》P376）

凡是为中国大众工作的，倘我力所及，我总希望（并非为了个人）能够略有帮助。（《致曹白/1936年8月2日》，《全集13》P400）

我写的小说极为幼稚，只因哀本国如同隆冬，没有歌唱，也没有花朵，为冲破这寂寞才写的，对于日本读书界，恐无一读的生命与价值。今后写还是要写的，但前途暗淡，处此境遇，也许会更陷于讽刺和诅咒罢。（《致青木正儿/1920年12月14日》，《全集13》P454）

但不管怎么说，我还活着。只要我还活着，就要拿起笔，去回敬他们的手枪。（《致山本初枝/1933年6月25日》，《全集13》P524）

倘用暗杀就可以把人吓倒，暗杀者就会更跋扈起来。他们造谣，说我已逃到青岛，我更非住在上海不可，并且写文章骂他们，还要出版，试看最后到底是谁灭亡。……（《致山本初

枝/1933年7月11日》，《全集13》P530）

我有生以来，从未见过近来这样的黑暗。网密犬多，奖励人们去当恶人，真是无法忍受。非反抗不可。遗憾的是，我已年过五十。（《致山本初枝/1934年7月30日》，《全集13》P589）

我是散文式的人，任何中国诗人的诗，都不喜欢。只是年轻时较爱读唐朝李贺的诗。他的诗晦涩难懂，正因为难懂，才钦佩的。（《致山本初枝/1935年1月17日》，《全集13》P612）

注　释

[1]　那一回：据鲁迅在《〈呐喊〉自序》中记述，在仙台医专时，解剖课间放映日俄战争的幻灯片，画面中心有一个替俄国做侦探的中国人，正要被日军砍头示众，周围有许多中国同胞围观，显出麻木的神情。"那一回"，即指此"幻灯事件"，它给鲁迅造成重大的精神刺激。

[2]　孔孟：孔子和孟子。孟子（约前372—前289），即孟轲，鲁国邹（今山东省邹县）人，战国时代思想家。他发挥孔子的"仁"的学说，宣传"王道"和"仁政"，在哲学和伦理学方面，主张"性善论"，强调道德修

养的重要性。著作有《孟子》一书，是儒家的代表人物，常与孔子并称。

[3]　中国的文士们：当指现代评论派的陈源、徐志摩等人。他们曾留学英国，对莎士比亚有过研究，常常以此自炫。这里含讽刺之意。

[4]　莎士比亚（W.Shakespeare，1564—1616）：欧洲文艺复兴时期英国戏剧家、诗人。著有剧本《仲夏夜之梦》《罗密欧与朱丽叶》《哈姆雷特》等37种。

[5]　勃罗亚（L.Bloy，1846—1917）：法国作家，著有《一个专事拆毁的工程师的话》《失望者》等。他经常在文章中猛烈攻击当时文学界和新闻界的著名人物。

[6]　窃得火来：这里使用了古希腊神话中普罗米修斯的故事。普罗米修斯把天火盗到人间，造福人类，结果触怒宙斯，派火神将他钉在高加索山上，并令神鹰每日啄食他的肝脏。

[7]　枭：一种恶鸟。

[8]　千夫指：《汉书·王嘉传》："里谚曰：'千人所指，无病而死。'"千夫，千人；千夫指，指国民公敌。

[9]　墨翟：(约前468—前376)即墨子，鲁国人，春秋战国时思想家，墨家学派创始人。著有《墨子》。《吕氏春秋·慎行论·疑似》中说他"见歧道而哭之"。

[10]　阮籍：(210—263)字嗣宗，陈留尉氏（今属河南）人，三国时魏文学家、思想家。著有《阮步兵集》。《晋·阮籍传》中说他"时率意独驾，不由径路，车迹所穷，辄恸哭而返"。

[11]　宁我负人，毋人负我：语见《三国志·魏书·武帝纪》裴松之注引孙盛《杂记》。

[12]　去厦：指赴厦门大学任教。

[13] 徐大总统：指徐世昌（1855—1939），天津人，清宣统时曾任内阁协理大臣，1918年至1922年任北洋政府总统。"听其自然"是他表述自己处世方法的一句口头禅。

[14] 《小约翰》：童话，荷兰作家望·蔼覃著，鲁迅与齐宗颐（寿山）合译，1928年1月由北京未名社出版。

266

[15] 自由运动大同盟：全称中国自由运动大同盟，由鲁迅、田汉、郁达夫、冯雪峰等五十一人发起组织的政治团体，1930年2月成立于上海。目的是争取言论、出版、集会、结社等自由，反对国民党的专制统治。出版刊物有《自由运动》。

[16] 梯子之论：据收信人回忆，他曾写信告诉鲁迅说有人议论鲁迅自身尚无自由，却参加发起中国自由运动大同盟，难免被人当作踏脚的"梯子"来利用。

[17] 未名社：文学团体，1925年成立于北京，主要成员有鲁迅、韦素园、曹靖华、李霁野、台静农、韦丛芜等。出版《莽原》半月刊、《未名》半月刊和《未名丛刊》、《未名新集》等。1931年解体。

[18] 狂飚社：文学团体，由高长虹于1926年在上海组织成立。此前，在北京创办《狂飚周刊》，高长虹负责编务，同人有向培良、黄鹏基、尚钺、高歌等。

[19] 朝花社：文学团体，1928年11月，由鲁迅、柔石等组织成立于上海。创办《朝花》周刊，后改旬刊，1929年9月停刊，次年该社解散。

[20] 左翼作家连盟：即中国左翼作家联盟。

[21] 发缄更正：柔石等左联作家被捕后，上海《社会日报》于1931年1月20日发表署名"密探"的《惊人的重要新闻》，造谣称"鲁迅被捕"，

天津《大公报》等众多媒体也传播了这一谰言。为此，鲁迅不得不发信亲友，自行辟谣更正。

[22] 大衍：语见《周易·系辞》："大衍之数五十。"

[23] 投我琼瑶：语出《诗经·木瓜》："投我以木桃，报之以琼瑶，匪报也，永以为好也。"

[24] 腓立大帝：即普鲁士国王腓特烈二世，他曾多次发动侵略战争。"密集突击"是他在战争中运用的一种战术。

[25] 国防文学：1934 年，周扬在介绍苏联文学时最早提出"国防文学"一说，至 1936 年 2 月间，则作为一个抗日的"统战"口号提出，并进行广泛宣传。同年 4 月，冯雪峰作为中央特派员从延安来到上海，经与胡风商议，由胡风撰文提出"民族革命战争的大众文学"口号，并由此引发所谓"两个口号"的论争。

[26] 新英雄们：指周扬等人。下文的"伟大的旗子"，当指抗日统一战线。可参见《答徐懋庸并关于抗日统一战线问题》及该文发表前后的有关书信。

附录一

鲁迅论

鲁迅先生三十年来作为战士的生涯，是他从学生时代开始便直接和间接的参加了民族的政治的斗争。而且在思想问题上他提出劳动人民必须获得个性的解放，他是第一个肯定他们的力量而欢迎他们的人。三十年来，他秉着这个不屈不挠的信仰，斗争前进，对外表述了中华民族的真实的心声，对内向统治阶级提出了毫不留情的，而且因此也是最有力量的抗议。

（宋庆龄《把鲁迅先生的战迹献给日本人民》）

鲁迅先生的短篇幽默文章，在中国有空前的天才，思想也是前进的。在民国十六七年，他还没有接近政党以前，党中一班无知妄人，把他骂得一文不值，……后来他接近了政党，同是那一班无知妄人，忽然把他抬到三十三层天以上，仿佛鲁迅先生从前是个狗，后来是个神。我却以为真实的鲁迅并不是

神，也不是狗，而是个人，有文学天才的人。（陈独秀《我对鲁迅之认识》）

鲁迅是莱谟斯，是野兽的奶汁所喂养大的，是封建宗法社会的逆子，是绅士阶级的贰臣，而同时也是一些浪漫蒂克的革命家的诤友！他从他自己的道路回到了狼的怀抱。（瞿秋白《〈鲁迅杂感选集〉序言》）

鲁迅是中国文化革命的主将，他不但是伟大的文学家，而且是伟大的思想家和伟大的革命家。鲁迅的骨头是最硬的，他没有丝毫的奴颜和媚骨，这是殖民地半殖民地人民最可宝贵的性格。（毛泽东《新民主主义论》）

鲁迅的著作中，充满着战斗精神，创造精神，以及为劳苦大众请命的精神。（许寿裳《鲁迅的思想与生活》）

一个受了满身的疮痍的灵魂，但是一个光荣地胜利的"武夫"作家（Soldier·Writer）……（林语堂《悼鲁迅》）

如问中国自有新文学运动以来，谁最伟大？谁最能代表这个时代，我将毫不踌躇地回答：是鲁迅。……当我们见到局部时，他见到的却是全面。当我们热衷去掌握现实时，他已把握

鲁迅与许寿裳、蒋抑卮合影。1909年摄于日本东京。

了古今与未来。要了解中国全面的民族精神，除了读《鲁迅全集》以外，别无捷径。（郁达夫《鲁迅的伟大》）

鲁迅先生——为祖国的自由和进步战斗了一生的伟大的先驱者，被损害被侮辱者底诗人，永远不知道疲乏不知道屈服的战士，……（胡风《悲痛的告别》）

鲁迅先生的伟大是因为他能指点出来被压迫大众所应该走的路。他不是为自己发牢骚而做文章，他是因为要做大众的代言人而做文章。他不是为自己的私怨而骂人，他也不是为使有闲的人们欣赏而骂人，而是替被压迫的大众写讨伐公共敌人的檄文。这决计不是专门欢喜说俏皮话来麻醉人的所谓"幽默作家"所能比拟的。

……我们的鲁迅先生，的确是当得起我的一副挽语："一生不曾屈服，临死还要斗争。"（章乃器《我们应该怎样纪念鲁迅先生》）

我从他得到的印象，不仅他是优秀的文学者，就是由人物来说，也觉得他有罕见的卓越性。……与其说他是文学者，无宁说他是更大的思想家，他的立论，颇有锐隽的地方。他相当受过苦，这在他风貌上即有充分的表现。他弟弟作人是温容如玉的典雅，而鲁迅的脸上，则深而且强的刻有叛逆与不屈的精神。这又是他的思想苦斗的表现，是我很喜欢的面貌。若问鲁迅为什么占中国文坛的最高地位？实因他有这种价值，就是他有思想，不仅是作家。（[日]　新居格《高尔基的存在》）

他的存在比高尔基的存在更为清洁。（[日]　山本实彦《鲁迅的死》）

鲁迅是中国现代作家当中惟一具有我们所谓"天才"的那种奇异和稀有的品格的人。中国原有许多有才华有能力的作家，但鲁迅是惟一天才的作家。（[美]　史沫特莱《追念鲁迅》）

事实上，鲁迅与同样在中国上了黑名单的厄普顿·辛克莱、头号激进派约翰·杜威以及作品已被译成白话的其他许多外国人一样，也不是一个真正的无产阶级作家。他并不把自己列为这样的作家。他认为中国迄今还没有产生一个杰出的无产阶级作家。在"笔战"中，他大都保持着知识分子改革家那种合乎逻辑的独立判断，把锋芒直接指向存在于中国社会的弊端：贪污，贿赂，高利贷，童工，自私自利，迷信"孔教"，军阀对工农群众的剥削，新闻控制，对民众组织的摧残，对日本不抵抗，以及现代中国显而易见的其他种种不良现象。（[美]　埃德加·斯诺《鲁迅》（节选））

伏尔泰是高喊"反抗"而切恨"宽容"的，是他燃起了法国革命。同样的，鲁迅是更努力的在激发中国大众的情绪来反抗一切精神上物质上不可忍受的痛苦，拿鲁迅与伏尔泰相比拟，真是最恰当不过，对于专制制度的反抗，他们处在不同的国度，却同是一员猛将。（[美] 埃德加·斯诺《中国的伏尔泰——一个异邦人的赞辞》）

……在我的面前呈现着一张脸，从耸立的头发到他的有力的颚骨，无处不洋溢出坚决和刚毅。一种坦然之貌，惟完美的诚恳的人才具备的。前额之下，双眼是尖锐的，而又是忧郁的。眼睛和嘴都呈露出他的仁慈心和深切的同情，一抹胡须却好像把他的仁慈掩盖了过去。

这些特质同样地表现在他的作品中，在他的生命里。第一我想到他的诚恳的毅力。从他觉得喊醒中国的国魂较医治病人来得急切，因而决定舍弃医学而从事文学生涯的时候起，直至他寿终了时止，他终生一刻亦不踌躇的为解脱中国人民物质的和精神的锁链而战斗着。（[英] H.E.萨·迪克《鲁迅：一个赞颂》）

的确，如果把五四运动仅仅理解为怀有明确目的去除旧布新的群众运动的话，鲁迅就不能说是五四运动的真正代表。他体现着新与旧的冲突，同时也体现着另一些超越历史的更深刻的冲突。他从不曾得到他的同时代人胡适和周作人所曾享有的那种宁静的心境，但他却是比他们中间任何一个都更其伟大的天才。（[美] 夏济安《黑暗的闸门》）

鲁迅面临的问题远比他的同时代人复杂得多，剧烈得多。从这个意义上说，他正是他那一时代的论争、冲突、渴望的最真实的代表。认为他与某个运动完全一致，把他指派为某一个角色或使他从属于某一个方面，都是夸大历史上的抽象观念而牺牲了个人的天才。（[美] 夏济安《黑暗的闸门》）

鲁迅的批评遗产只是易碎的器皿。假如他的思想不曾被加以任何附会，而且正如其1926年以前那样不无疑虑的话，它们在此后的政治动乱岁月中也许能保持自身的独立。然而，即使当鲁迅卷入其中，他对文学和社会的批评方式仍然只属于他自己，是一种否定的工具。正如他的先见之明，当这种方法触动了任何一种官方政策时，麻烦都会接踵而至。（[美] 西奥多·D.休特斯《鲁迅与胡风批评的遗产》）

西方文化研究忽略了鲁迅的作品实为一种耻辱，任何无知的借口都无法弥补这个缺陷。（[美] 弗雷德里克·詹姆逊《鲁迅：一个中国文化的民族寓言》）

五十岁生辰照，1930年9月25日摄于上海春阳照相馆。照片上的题字为"一九三〇年九月二十四日"，24日为鲁迅误记而题错了。

附录二

鲁迅年表

（1881—1936）

1

1881年9月25日，生于浙江省绍兴城内周家。小名樟寿，号豫才，名树人。"鲁迅"是后来启用的笔名。

绍兴本越地，有禹陵及越王台，分别作为一种精神象征而存在。地方先贤王思任云："会稽乃报仇雪耻之乡，非藏垢纳污之地也。"

6岁入塾。所读有正统的教科书"四书"、"五经"，也有非正统的课外读物如神话、小说、植物图谱之类，后来多出野史、笔记等。一面抗拒，一面吸收。

12岁，祖父周介孚因科场舞弊案入狱，钦判"斩监候"。一个耻辱的悲惨的事件。为了逃避株连，和二弟均被送到皇甫庄，人称"乞食者"。

随后，父亲周伯宜暴病，从此出入当铺与药店之间。

2

18岁，往南京考入江南水师学堂，次年改入江南陆师学堂附设的矿路学堂。一个富于时代特色的个人选择："把灵魂卖给鬼子。"

始读《天演论》，所受影响极大。

1902年春，由江南督练公所官费派往日本留学。

初入东京弘文学院，两年后入仙台医学专门学校。1906年夏奉母命回国，与朱安女士结婚，甘愿作旧道德的牺牲。旋即赴日，自动退学，居东京从事文艺研究、创作及翻译，开始一生的疗救国民灵魂的工作。

拟创办《新生》杂志，因经费不足而流产。

其间，与革命者颇多过从。

1909年归国。

3

归国后，先后在杭州及绍兴执教。

1911年，辛亥革命勃兴，次年成立临时政府。应蔡元培之招，到北京教育部供职；初为部员，后为佥事。

尴尬的小吏位置与沉寂的大隐生活。

1918年。五四前夕，作《狂人日记》及随感录等，从此一发而不可收。

曾参与《新青年》编辑工作。该杂志解体后，又为《语丝》发起人之一，及至后来，成为"语丝派"的实际领袖。此外，还曾参与组织未名社，编辑《莽原》及其他书刊，支持过多个青年文学团体。

因为羽太信子的关系，与二弟作人决裂，精神严重受创。

兼任北京大学、北京师范大学、北京女子师范大学等多所大学讲师。

其间，介入女师大风潮，积极支持学生而反对当局。对此，曾被教育总长章士钊免去佥事职务。与此同时，开展在知识者内部的"私人论争"。"三一八惨案"发生后，一度离寓避难。

创作小说集《呐喊》《彷徨》，杂感集《热风》《华盖集》，专著《中国小说史略》，翻译阿尔志跋绥夫小说《工人绥惠略夫》、厨川白村论著《苦闷的象征》等先后出版。

1926年8月底，与学生许广平一同离京；独赴厦门，任厦门大学文科教授。

4

1927年1月，至"革命策源地"广州，任中山大学文学系主任兼教务主任。许广平为助教。

4月，蒋介石发动"清党"，宣称"'以党治国'为救中国的唯一出路"。十五日，赴中山大学各系主任紧急会议，营救被捕学生，无效，愤而辞职。

年间，杂感集《坟》，散文集《朝花夕拾》出版。

5

10月抵上海，与许广平正式同居。两年后生一男，名海婴，怜爱之至。

12月应大学院院长蔡元培之聘，任特约著作员。

寓所易地数处，后定居大陆新村9号。除两次北上省亲，大体没有离开过上海。寄身"蜗庐"，潜心著译，此之谓"带了镣铐的进军"。

多次与人合作，或编辑刊物，或出版图书。1930年先后加入中国自由运动大同盟及中国左翼作家联盟，1933年加入中国民权保障同盟。三十年代以后，集团意识增强，然究取独立方式者多。

国民党独裁政权及卵翼下的文人，始终是抨击的主要对象。此外，在营垒内部，先后有过两次重要的论争。即1928年与郭沫若等关于"革命文学"的论争和1936年与周扬等关于"两个口号"的论争。对于后来的存在状态，尝自谓"横站着作战"。

曾由浙江省党部以"反动文人"罪名呈请通缉，避难数次，过一种近于半地下的生活。为逃避鹰犬耳目，不断更换笔名，著作亦长期遭禁。十年间，所著有杂感集《而已集》《三闲集》《二心集》《伪自由书》《南腔北调集》《准风月谈》《花边文学》《且介亭杂文》《且介亭杂文二集》《且介亭杂文末编》，小说《故事新编》；并翻译苏俄文艺理论多种，法捷耶夫小说《毁灭》，果戈理小说《死魂灵》等等。

1936年10月19日病逝。病中，艰于起坐而写作未辍，死前体重仅余37公斤左右。美国医生邓氏据胸透照片推断说，以他肺部所受损害的程度，欧洲人当在五年前死去云；并因此，称许他为最能抵抗疾病的典型的中国人。日本医生须藤氏著文说："先生不是以肉质来经营生命，也不是以筋力来工作，他是单凭着精神来生存来工作的。"作为一平民作家，有近万人自动前往送葬。遗体覆以某团体献旗，上书："民族魂"。

Http://e.weibo.com/xinminshuo
E-mail:fanxin@bbtpress.com